Barbara Rath

Der Rosenkohlpirat

Barbara Rath

Der Rosenkohlpirat

Ein Kinderroman

mit Illustrationen von Victor Brizuela

Bibliografische Information der Deutschen Bibliothek
Die Deutsche Bibliothek verzeichnet diese Publikation in der Deutschen Nationalbibliografie; detaillierte bibliografische Daten sind im Internet über http://dnb.ddb.de abrufbar.

www.buchverlagkempen.de

1. Auflage, Kempen 2009

Nach der neuen deutschen Rechtschreibung

Lektorat: Inga Senne, BVK
Umschlaggestaltung: Daniela Heirich, BVK, unter Verwendung der Titelbildillustrationen von Victor Brizuela, Schwalmtal-Amern
Gestaltung: Daniela Heirich, BVK
Illustrationen: Victor Brizuela, Schwalmtal-Amern
Druck / Bindung: ALWO druck Arretz GmbH, Tönisvorst

Printed in Germany

Best.-Nr.: LI24, ISBN 978-3-86740-031-2

1. Kapitel: Igitt, Rosenkohl!

„Jetzt habe ich aber genug!"
Mamas Stimme klang bedrohlich. Ihr Gesichtsausdruck glich einer dunklen Gewitterwolke. Mark zog den Kopf ein, denn er befürchtete zu Recht, dass ein Donnerwetter auf ihn losgehen würde. Da kam es auch schon:
„Ich stehe in der Küche, Stunde um Stunde, und koche mir die Finger wund. Und dann heißt es dauernd: ‚Dies mag ich nicht. Das mag ich nicht …' Mark, du musst auch einmal Gemüse essen. Immer nur Pommes und Cornflakes, davon kann man nicht groß und stark werden. Drei, ganze drei Rosenkohlköpfchen solltest du essen. Drumherum hast du alles weggefuttert. Aber diese drei ach-so-schrecklichen Rosenkohlköpfchen liegen immer noch auf deinem Teller! Ich räume jetzt den Tisch ab. Hier im Esszimmer hast du lange genug gesessen. Du marschierst jetzt in die Küche, setzt dich an den Küchentisch und bleibst da so lange, bis du dieses Gemüse aufgegessen hast. Und lass dir ja nicht einfallen, es wieder in den Abfalleimer zu werfen. Denk daran, ich kenne alle Tricks, denn die habe ich als Kind selbst ausprobiert!"

Mark nahm seinen Teller und zog mit hängendem Kopf in die Küche ab. Dort setzte er sich an den kleinen Tisch. Obst und Salat aß Mark recht gern. Er hätte jederzeit lieber drei Äpfel gegessen oder eine große Schüssel Salat, wenn er damit nur eine Portion Gemüse hätte vermeiden können. Aber nun saß er hier. Seine Mutter hatte gesprochen wie ein Indianerhäuptling. Und Mark wusste, jetzt gab es keinen Ausweg mehr für ihn: Dieser Rosenkohl musste verschwinden. Und es war schrecklich – wahrscheinlich blieb Mark keine andere Wahl als das eklige Zeug wirklich zu essen! Seine Mutter kannte nämlich in der Tat alle Tricks.

Während die Mutter in der Küche aufräumte und das schmutzige Geschirr in die Spülmaschine stellte, hatte Mark Gelegenheit nachzudenken. Der Abfalleimer kam als Ausweg also nicht in Frage. Aus dem Fenster werfen konnte er den Rosenkohl auch nicht. An den Krach, den es deshalb einmal gegeben hatte, erinnerte sich Mark nur sehr ungern. Damals hatte seine Mutter im Beet unter dem Fenster die Erbsen und Möhren gefunden, die Mark beim besten Willen nicht hatte essen können!

Mit einem lauten „Klick!" schaltete die Mutter schließlich die Spülmaschine ein. Sie sah zu Mark hinüber, sah, dass der Rosenkohl immer noch unberührt auf seinem Teller lag und schnaubte ungehalten. Dann verließ sie ohne ein weiteres Wort die Küche.

Mark stieg ein Schluchzen in der Kehle hoch: Er tat sich selbst sehr leid. Er meinte, er hätte tatsächlich den besten Willen, Gemüse zu essen.

Es ging einfach nicht! Aber dafür hatte seine Mutter überhaupt kein Verständnis. Wenn Mark es zu erklären versuchte, sagte sie nur immer: „Die meisten Kinder auf der Welt wären froh, wenn sie überhaupt etwas zu essen bekämen!"

„Das ändert nix an meinem Geschmack und es hilft mir überhaupt nicht!", schimpfte Mark.

„Wenn dir schon keiner hilft, dann könntest du mir vielleicht helfen?", tönte da plötzlich eine dumpfe Stimme.

Mark schreckte auf. Wer sprach da?

„Mach hin! Nun heb schon diesen dummen Verschluss auf dem Abfluss im Spülbecken hoch und dreh das Wasser auf!", ertönte die barsche Stimme wieder.

Mark war verwirrt. Ob man wahnsinnig wurde, wenn man gegen seinen Willen Gemüse essen musste?

Wieder erklang die Stimme: „Mach schon, du dummes Landei! Den Abflussdeckel hoch und das Wasser andrehen, zackzack!"

Mark zuckte mit den Schultern. Er verstand zwar nicht, was da vorging, aber er tat, was die Stimme forderte. Er nahm das Sieb aus dem Spülbecken und den Deckel vom Abfluss und dann drehte er den Wasserhahn voll auf. Wie gebannt starrte er auf den kleinen Wasserstrudel, der sich rund um die Abflussöffnung bildete. Dann klappte ihm der Mund auf vor Überraschung: Da fuhr – meisterhaft gesteuert – ein kleines Schiffchen mit tuckerndem Motor den Strudel hinauf. Ein winziges Männlein führte das Steuer. Kaum schwamm das Schiffchen im Spülbecken, kommandierte das kleine Kerlchen: „Wasser abstellen!"

Mark drehte erneut am Wasserhahn, das restliche Wasser im Becken lief ab und das kleine Schiff legte sich sanft auf die Seite. Das Männlein sprang von Bord, hakte

einen Anker aus einer gebogenen Stecknadel am Überlauf fest und blickte Mark drohend an. Dann zog es einen winzigen Krummsäbel, fuchtelte damit in Marks Richtung und rief: „Her mit dem Rosenkohl!"

Mark bekam vor Staunen den Mund gar nicht mehr zu. Er glotzte bloß. Denn einen solch winzigen Kerl hatte er noch nie gesehen. Und er hatte nicht gewusst, dass kleine Schiffe aus dem Abfluss kommen können.
Endlich brachte Mark ein paar Worte heraus. „Wer bist du?", wollte er als Erstes wissen.
Das Kerlchen baute sich breitbeinig im Spülbecken auf. „Ich bin ein Pirat. Das sieht ja wohl auch eine blinde Wasserratte mit Knick im Schwanz!"
Mark nickte. Auf den Piraten hätte er wirklich von selbst kommen können.
Der kleine Mann hatte ein schwarzes Kopftuch umgebunden, eine Augenklappe, ein löchriges Hemd, rot-weiß-geringelte Hosen bis zum Knie und war barfuß. Dazu war er ausgezeichnet bewaffnet mit einem Krummsäbel, einem Messer und einer kleinen Pistole im Gürtel.
„Wo kommst du her?", wollte Mark als Nächstes wissen.
„Neugierige Landratte!", fuhr ihn der Pirat an.

„Hauptkanal sieben. Nahe dem dritten Zuflussrohr. Habe meine Festung dort. Aber mein Schiff und ich, wir sind der Schrecken der Kanäle aller sieben Stadtviertel!"
Mark fand das alles sehr verwirrend. „Was willst du denn hier?", fragte er neugierig.
„Klabauterdreck und Meerkatzenmist!", zeterte der Pirat zornig. „Von der Spülmaschine sind Rosenkohlreste in den Kanal geschwemmt worden. Denen bin ich bis hierher gefolgt. Ich suche dringend Rosenkohl, denn meine Vorräte gehen zur Neige. Das ist schrecklich, denn ich bin der Rosenkohlpirat. Also: Her mit dem Zeug! Und gnade dir Gott, wenn es hier keinen Rosenkohl mehr gibt. Dann schieße ich das Spülbecken mit meiner Kanone in Klump und Asche!"

Über Marks Gesicht ging ein freudiges Grinsen. Das klang doch ganz so, als könnte er hier seinen Rosenkohl loswerden. Seine Mutter würde nie darauf kommen, dass in ihrer Küche ein Piratenüberfall stattgefunden und Marks Rosenkohlproblem gelöst hatte.
„Klar gibt es hier Rosenkohl. Drei Köpfe sogar", gab Mark bereitwillig zu. Das finstere Gesicht des Piraten hellte sich auf. „Wirklich?", wollte er wissen.

„Das ist meine Rettung. Mach dich mal nützlich, du milchgesichtiger Zwergmatrose! Hilf mir gefälligst beim Verladen!“

Mark nickte begeistert. Er trug seinen Teller zur Spüle und legte den Rosenkohl im Becken für den Piraten bereit. Der zerhackte mit affenartiger Geschwindigkeit zwei der kleinen Köpfe und verstaute sie unter Deck. Vom dritten löste er ein größeres Blatt ab und setzte es als neues Segel.

„Wozu brauchst du denn das eklige Zeug?“, erkundigte sich Mark.

„Du bist so dumm wie du groß bist“, erwiderte der Rosenkohlpirat wenig freundlich. „Das sieht doch ein buckliger Wal mit Flossenrheuma! Beim letzten Kampf mit den Tomatenpiraten haben mir diese roten Trottel doch glatt mein Rosenkohlsegel zerschossen. Wenn ich nicht segeln kann, weil Flaute in den Kanälen ist, dann läuft mein Schiffsmotor mit Rosenkohl. Das ist umweltfreundlich. Und ich lebe von diesem wunderbaren, edelsten aller Gemüse, denn Rosenkohl macht stark und mutig. Außerdem kann man von Rosenkohl toll pupen. Dann fallen die Feinde um, bevor man sich mit ihnen schlagen muss!“ Der Pirat lachte schallend über seinen eigenen Witz. Dann sprang er geschickt wie ein Affe zurück an Deck, kommandierte „Wasser marsch!“, und steuerte sein Schiff mit dem ausströmenden Wasser den Abfluss hinab.

Mark starrte ungläubig hinterher.

In diesem Moment ging die Küchentür auf und seine Mutter kam herein. Sie sah ihren Sohn wie gebannt in das Spülbecken blicken, hörte das Wasser rauschen, sah den Teller – jetzt ohne Rosenkohl – neben dem Spülbecken stehen. Für sie war der Fall klar: „Also Mark!“, begann sie vorwurfsvoll. „Hast du jetzt etwa den Rosenkohl durch den Abfluss fortgespült?“
Mark fuhr herum und bekam einen feuerroten Kopf. „Ja, nein, ja …“, stammelte er. Er wusste gar nicht, was er sagen sollte. „Da war ein Rosenkohlpirat“, begann er schließlich und sprudelte die ganze Geschichte hervor. Er beendete sie mit den Worten: „… und wenn ich ihm den Rosenkohl nicht gegeben hätte, dann hätte er mit seiner kleinen Kanone das ganze Spülbecken zerschossen!“
Die Mutter schüttelte ungläubig den Kopf. Sie wunderte sich so über die verrückte Geschichte, die ihr Sohn da erzählte, dass sie ganz vergaß, böse zu werden. Dann fuhr sie ihm mit einer Hand durchs Haar. „Ach Mark! Wenn Rosenkohl dich so verwirrt, dass du derartige Geschichten erfinden musst, dann gebe ich dir doch lieber einen Apfel.“

2. Kapitel: Seeschlacht in der Pfütze

Mark dachte in den nächsten Tagen eine Menge über den Rosenkohlpiraten nach. Und auch wenn der Winzling frech und unverschämt war, überlegte er immer wieder, wie er ihn noch einmal treffen könnte. Welcher Junge aus seiner Klasse – und Mark ging immerhin demnächst in die vierte Klasse, er war also längst kein Zwerg mehr – kannte schon einen echten Piraten?!
Aber die nächste Begegnung ergab sich ganz zufällig. Sie fand ein paar Wochen später in den Sommerferien statt. Mittags war ein kräftiges Gewitter niedergegangen. Es hatte kurz und heftig geregnet, war aber schon wieder angenehm warm. Mark lief in kurzen Hosen und seinen Gummistiefeln am Bordstein entlang. Einen Fuß setzte er immer oben auf den Bordstein, während der andere unten im Rinnstein durch eine Riesenpfütze platschte, die nach dem Regen dort zusammengelaufen war.

Da knallte es plötzlich dumpf.
„Klingt ein bisschen wie Stefans Spielzeugpistole mit den Knallplättchen. Aber Karneval ist doch längst vorbei", dachte Mark, als er überrascht den Blick hob.
„Rrrrrummms!", machte es wieder.

Gut zehn, zwölf Meter von ihm entfernt löste sich über dem Wasser ein winziges Rauchwölkchen gerade in der Luft auf. Außerdem saß eine Katze dort am Rande der Pfütze, die immer wieder mit ihrer Pfote ins Wasser tapste, so als wollte sie mit einem Wollknäuel spielen.
„Katzen qualmen nicht“, wunderte sich Mark, als er neugierig näher heranging.
Die Katze wirkte sehr angespannt, so als wäre sie auf Mäusejagd. Wieder patschte sie mit der Pfote ins Wasser, traute sich aber offensichtlich nicht, einfach in die Pfütze zu springen.

„Oh nein!“, rief Mark plötzlich und rannte erschrocken los. Er hatte erkannt, worauf die Katze Jagd machte.
„Willst du das wohl bleiben lassen! Hau ab, du Mistvieh!“, brüllte er und wedelte wild mit den Armen. Grüne Katzenaugen starrten ihn böse an. Ein letztes Mal langte die Katze mit der Pfote ins Wasser – und da geschah es: Sie traf ihre Beute mit allen fünf Krallen! Dann hatte Mark die Stelle endlich erreicht und die Katze lief mit einem wütenden Fauchen davon.
Das Schiff des Rosenkohlpiraten trieb mit schwerer Schlagseite im aufgewühlten Pfützenwasser. Der Pirat klammerte sich verzweifelt an die nasse und rutschige Reling. Mark konnte ihn gerade eben noch auffangen, als ihn die Kräfte verließen und er drohte, ins Wasser zu stürzen! Der winzige Mann fiel wie leblos in Marks rettende Hand.

„Hallo? Rosenkohlpirat? Ich bin's, Mark. Sag doch was! Geht's dir gut?“
Nur ein Husten war die Antwort. Doch schließlich setzte sich der kleine Mann schwankend in Marks Hand auf und krächzte heiser: „Geht's dir gut? Geht's dir gut? Eine blödere Frage kannst du mir wohl nicht stellen, oder? Mir geht's beschissen, Klabauterdreck und Quallenmist noch mal! Was glaubst denn du, wie es dir gehen würde, wenn du mit einem Monster gekämpft hättest, das gut einhundert Mal so schwer ist wie du?“
Mark seufzte erleichtert auf. Der Pirat klang genauso ungehobelt wie bei ihrer ersten Begegnung. Mark beschloss

daher, das zunächst mal für ein gutes Zeichen zu halten.
„Schaff mich zu meinem Schiff, du welke Wickelalge!“, schnauzte der Pirat, ohne ein Wort des Dankes über seine Rettung zu verlieren.
Vorsichtig watete Mark durch die Pfütze, bis er mit seiner freien Hand das Schiffchen des Piraten zu fassen bekam. Das Rosenkohlsegel hing zerfetzt herab, ein Mast war geknickt und aus allen Luken lief Wasser.
„Oh nein“, hauchte der Pirat, als er das Ausmaß der Zerstörung sah, und klang zum ersten Mal nicht frech und mutig.
Mark hielt beide Hände dicht nebeneinander, sodass der Pirat sein Schiff genau untersuchen konnte. Als der kleine Mann sich jedoch aufrappeln und zu seinem Boot gehen wollte, sank er mit einem leisen Schmerzensschrei wieder zurück.
„Was ist?“, wollte Mark wissen.
Der Pirat presste sich mit schmerzverzerrtem Gesicht eine Hand auf den rechten Oberschenkel. Erst jetzt fiel Mark auf, dass die knielange Hose dort zerrissen und der Stoff in der Nähe des Risses nicht gestreift war wie sonst überall, sondern dunkelrot.
„Dieses neunmalverfluchte Katzenvieh hat mich erwischt. Flöhe und Läuse sollen sie zerfressen! Diese Ausgeburt einer verfaulten Miesmuschel! Ha! Aber fast hätte ich sie mit meiner Kanone in die Flucht geschlagen!“
„Aha“, dachte Mark. „Eine Kanone hat er abgefeuert. Das war also der Knall. Und daher stammten auch die Rauchwölkchen.“

Der Pirat war – verletzt oder unverletzt – ein unverbesserliches Großmaul! Mark konnte sich nicht verkeifen zu sagen: „Fast hätte die Katze aus dir Hackfleisch gemacht.“

„Hackfleisch? Aus mir macht niemand Hackfleisch! Ich bin der Schrecken der sieben großen Kanäle!“, krakeelte der Pirat wütend. Aber auf die Beine kam er nicht, so sehr er das auch versuchte.

„Was macht denn der Schrecken der sieben Kanäle hier in einer lumpigen Pfütze?“, wollte Mark wissen. Täuschte er sich oder bekam der Rosenkohlpirat tatsächlich einen roten Kopf?

Er klang jedenfalls ziemlich kleinlaut, als er zugeben musste: „Na ja, eigentlich befahre ich keine Pfützen. Das ist unter der Würde eines echten Kanalbewohners. Aber dieser Gewitterregen ... der war schon etwas heftig. Und heimtückisch plötzlich. Also das war eine Flutwelle da unten – mindestens so hoch wie der Mount Everest! Trotzdem, wenn ich nicht gerade mein Mittagsschläfchen gemacht hätte, dann wäre ich von dem bisschen Regenwasser mit dieser Welle nicht überrascht worden! Und ich wäre nie und nimmer aus dem Kanal geschwemmt worden. Und ich wäre nie und nimmer in dieser Mottpfütze gelandet. Und ich wäre nie und nimmer mit dieser mottenzerfressenen Katze aneinandergeraten. Und ...“

„Bist du aber“, stellte Mark sachlich fest. „Und dein Schiff ist ziemlich mitgenommen. Und du bist verletzt. Was sollen wir denn jetzt tun?“

3. Kapitel: Die Schatzkarte

„Du musst mich wohl gesundpflegen und mein Schiff reparieren, du Seegurken sammelnder Leichtmatrose!“, polterte der Pirat weiter.

„Ich muss? Ich muss gar nichts“, gab Mark zurück.

Der einäugige Giftzwerg in seiner Hand fuchtelte mit dem Säbel. „Doch. Du musst! Sofort! Wenn du nicht willst, nehme ich dich als Geisel und zwinge dich einfach dazu, dass du dich um mich kümmerst!“

Mark wusste nicht, ob er lachen oder sich ärgern sollte. Ihn als Geisel nehmen – das war wirklich komisch.

Sicher, wenn der Pirat ihn mit dem Säbel in die Hand stechen würde, das wäre wahrscheinlich schmerzhaft. Aber ein Nadelstich wäre bestimmt nichts, wodurch er sich in Geiselhaft nehmen ließe!

Aber warum eigentlich nicht dem Piraten helfen? Zurzeit waren Sommerferien, alle seine Freunde waren im Urlaub und Mark langweilte sich schon seit ein paar Tagen ganz schrecklich. Aber deshalb musste er sich ja nicht gleich alles gefallen lassen. Er knurrte: „Steck deinen albernen Zahnstocher weg! Es würde auch reichen, wenn du einfach einmal ‚bitte‘ sagst.“

Der Säbel blieb wie erstarrt mitten in der Bewegung stehen. Völlig verblüfft starrte der Pirat Mark mit seinem einen Auge an. Dann kaute er auf dem linken Ende seines ziemlich langen Schnurrbartes und nuschelte schließlich: „Piraten bitten nie! Unser Motto lautet ‚Freiheit oder Tod‘. Aber wenn du gefühlsduseliges Menschenkind

nicht ohne so ein albernes Gebettel auskommst, kann ich dir ja ausnahmsweise den Gefallen tun. B-i-t-t-e."
Mark überlegte. Den Piraten verarzten und das Schiff reparieren, das würde am besten daheim gehen. Aber seine Mutter hatte ja schon beim ersten Mal so komisch reagiert, als Mark den Rosenkohlpiraten erwähnt hatte. Besser, seine Eltern merkten gar nichts davon, dass ein Gast im Haus war.
„Ich nehme dich nur unter einer Bedingung mit und helfe dir", erklärte Mark schließlich streng. „Meine Eltern dürfen absolut nichts von dir zu hören oder gar zu sehen bekommen. Du musst also leise sein. Dann kannst du in meinem Zimmer wohnen, bis es dir besser geht und dein Schiff repariert ist."
„Kein Wasser unterm Kiel und Quartier an Land nehmen? Haifischzahn und Rochenfurz! Aber habe ich eine Wahl?", jammerte der Pirat und raufte sich die wuscheligen Haare.

So kam es, dass Mark nicht allein nach Hause zurückkehrte, obwohl er alleine zu seinem Ausflug durch die Pfützen aufgebrochen war. Von weitem konnte er sehen, dass seine Mutter im hinteren Teil des Gartens arbeitete. Die Gelegenheit nutzte er, rief nur kurz: „Hallo, ich bin wieder da!" und flitzte durch die Terrassentür ins Haus. Und seine Mutter bekam auf die Entfernung wirklich nicht mit, wen und was er da in der Hand trug.
„Schimmliger Schiffszwieback! Du elendes Rennkamel! Hör auf, mich so hin und her zu schaukeln. Das ist ja

schlimmer als Seepferdchengalopp! Musst du denn so laufen!? Typisch Landratte, immer in Eile!“, schimpfte der Pirat. Aber da hatte Mark auch schon sein Zimmer erreicht und mit der Ferse die Tür zugeknallt.
Vorsichtig setzte er den kleinen Mann aus seiner Hand mitten auf seinem Schreibtisch ab. Daneben legte er ebenso vorsichtig das Schiffchen. Wieder versuchte der Pirat, sich aufzurappeln – vergeblich.
„Lass mich mal lieber nach deinem Bein sehen“, bat Mark.
Plötzlich ängstlich erwiderte der Pirat: „Nein, lass das! Das wird schon wieder. Das gibt bestimmt keine Entzündung. Und sicher muss mir kein grausamer Arzt mit einer stumpfen Säge das Bein abnehmen. Und ganz gewiss muss ich nicht, wie der Käpt'n der Tomatenpiraten, von morgen an mit einem Holzbein durchs Leben stapfen. Bloß nicht nach dem Bein gucken!“
„Ach Quatsch! Das ist alles bestimmt nur halb so wild. Lass mich erst mal nachsehen. Bestimmt tut es gleich nicht mehr weh.“
Mark fand, dass er sich komischerweise irgendwie anhörte wie seine eigene Mutter, wenn es ans Pflasterkleben ging. Der Pirat hatte inzwischen den Kopf tief in seiner Hand vergraben, so als wollte er einfach von

dem ganzen Elend nichts mehr sehen. Aber sein verletztes Bein hielt er so, dass Mark es untersuchen konnte.
Mark fand es schwierig, das kleine Hosenbein aufzukrempeln. Als es ihm schließlich gelang, sah er, dass die Katze mit ihren scharfen Krallen dem Piraten tatsächlich einen kleinen Kratzer zugefügt hatte, gerade tief genug, um zu bluten.
„Sag mir die Wahrheit! Bin ich zu retten?“, fragte der Pirat mit Grabesstimme hinter seiner Hand hervor.
„Kleinigkeit. Da klebe ich ein kleines Pflaster drauf und vorher bestreiche ich es noch mit einer Wundsalbe, damit sich nichts entzündet. Morgen oder übermorgen bist du wieder ganz fit“, verkündete Mark.
„Spinnst du? Wahnwitziger Wüterich! Was versteht denn solch ein Hilfs-Quacksalber wie du von einer so schweren Verletzung durch ein reißendes Raubtier? In den Krallen einer Katze lauert der Tod! Das weiß doch jeder! Da kommt immer eine Entzündung nach!“, keifte der Pirat.
„Nicht, wenn wir die Salbe drauftun“, versicherte Mark. Ein Blick durchs Fenster zeigte ihm, dass seine Mutter immer noch hinten im Garten war. Deshalb huschte er rasch ins Bad, holte Pflaster und die Wundsalbe und begann, einen ganz, ganz schmalen Pflasterstreifen zurechtzuschneiden. Er erklärte: „Ich schmier' jetzt die Salbe drauf. Das könnte ein wenig brennen.“
Kaum hatte Mark den Piraten mit der Salbe auch nur berührt, heulte der auf wie ein Nebelhorn. Er zappelte und jammerte, bis Mark den Kratzer verarztet hatte.
„Sei endlich still! Meine Mutter kann dich sonst hören.

Wenn die dich sieht, steckt sie dich bestimmt erst mal in die Badewanne, wäscht dir die Haare und schneidet deine Fingernägel“, drohte Mark, dem beim besten Willen nichts Besseres einfiel.
„Ha. Das soll sie nur wagen!“, keifte der Pirat wieder los. „Ich werde ...“
„Gar nichts wirst du! Halt das Bein still und sag mir lieber, wie ich dein Schiff reparieren soll. Hier, du kannst dich in dieses Plastikauto setzen. Und da hast du einen Bleistift. Damit kannst du dich vorwärtsschieben. Dann hast du eine Art Rollstuhl. Aber pass bloß auf, dass du nicht von meinem Schreibtisch fällst!“, kommandierte Mark.
Dann begann er ganz vorsichtig, den zerbrochenen Mast mit seinem Schweizer Taschenmesser vom Rumpf des kleinen Schiffes zu lösen. Das war kniffelig und für eine Weile vergaß Mark den kleinen Piraten völlig.

„Ich hab’ Hunger. Bring mir sofort was zu essen!“, schnauzte sein Gast plötzlich mitten in Marks Arbeit hinein.
„Du hast vielleicht einen Ton am Leib“, beschwerte sich Mark.
„Ja, Seelilien und Pantoffeltierchen! Soll ich etwa im rosa Röckchen um dich Ringelrein tanzen und dir ‚bitte-bitte‘ ins Ohr säuseln? Zum letzten Mal: Ich bin ein Pirat!“
„Du bist ein ganz unhöflicher Giftzwerg“, erwiderte Mark und stellte erneut verwundert fest, dass er ganz genau wie seine Mutter klang.

Eine Weile herrschte Schweigen. Mark fingerte weiter am Schiffsmast herum. Als er dabei das Schiff ein wenig drehte, fiel sein Blick auf den kleinen Namenszug am Bug: *Brassica oleracea* stand dort in verschnörkelten Buchstaben. Mark tippte mit dem Finger darauf. „Was bedeutet das?"

„Ahnungslose, ungebildete Aalquappe! Das ist natürlich der lateinische Name für Rosenkohl", belehrte ihn der Winzling aus dem Spielzeugauto. Dann schwieg er kurze Zeit verbissen. Aber Schweigen war eindeutig nicht seine Stärke.

„Wenn ich nicht sofort was zu essen bekomme, sterbe ich", jammerte er nach einem Weilchen wieder los.

Mark seufzte. „Was soll ich dir denn bringen?"

„Egal was, Hauptsache Essen!", heulte der Pirat, als wäre sein letztes Stündchen gekommen.

Mark ging in die Küche. Was immer dieser größenwahnsinnige Zwerg auch forderte, er würde nicht wirklich viel essen. Dazu war er einfach zu klein. Mark machte einen

Streifzug durch den Kühlschrank und danach durch die anderen Vorratsschränke, nahm von allen möglichen Speisen ein wenig und kehrte schließlich zu dem Piraten zurück. Der stakte schon ungeduldig in seinem Plastikauto auf dem Schreibtisch hin und her.

„Ha! Langsam wie ein Flohbeutel von einem vertrottelten Faultier! Her mit dem Futter!", schrie er anstelle einer Begrüßung. Stumm legte Mark das Essen auf den Schreibtisch. Der Pirat rollte flink herbei, aber schon von weitem verfinsterte sich seine Miene, als er sah, was Mark ihm da serviert hatte.

„Wer soll denn so einen Fraß essen? Da nehme ich doch lieber Fischgrätensalat! Willst du mich umbringen?"

„Wieso?", wunderte sich Mark. „Das ist doch eine Riesenauswahl. Da muss doch etwas für dich dabei sein."

„Salami? Davon krieg' ich Pickel. Apfel? Macht Schluckauf. Honig? Willst du mir den Schnurrbart verkleben?

Nudeln? Schmecken fad. Brot? Staubtrocken, außerdem sind da so eklige Körner drin. Die setzen sich immer in meine Zahnlücken ..." Und so ging das weiter. Nichts gefiel dem Piraten. Er fand alles zu süß, zu sauer, zu bitter oder zu salzig oder er entdeckte einen Bestandteil, der ihn beim Herunterschlucken vermutlich umbringen würde.
„Wahrscheinlich kannst du mich nach dem Fraß beerdigen!", prophezeite der Pirat düster. „Aber essen muss man ja." Und nach all dem Gemecker aß er mit offensichtlich ausgezeichnetem Appetit.
Während der kleine Pirat schmatzte und schlang, reparierte Mark das Schiff. Mark war besonders stolz auf das neue Segel, das er aus einem alten Stofftaschentuch zurechtschnitt. Er bemalte es sogar mit einem Totenkopf. Das war mühselig und dauerte seine Zeit. Zum Glück bastelte Mark oft mit Holz und stellte sich ziemlich geschickt an.

Irgendwann rief Marks Mutter zum Abendessen.
„Halt bloß die Klappe, während ich weg bin", sagte Mark streng zu dem kleinen Mann. Und weil der Pirat glücklicherweise den Mund viel zu voll hatte, um irgendeinen Ton herauszubringen, kamen diesmal keine frechen Widerworte.
Als Mark vom Abendessen zurückkehrte, lag der Rosenkohlpirat an Deck des reparierten Schiffchens, hatte den Kopf auf eine winzige Taurolle gebettet und schnarchte ganz, ganz leise. Offenbar hatte er sich den Bauch so vollgeschlagen, dass er ein Verdauungsschläfchen machen

musste. Mark legte vorsichtig ein Mickey-Maus-Heft so über das Schiff und den Piraten, dass es seinen Eltern nicht auffallen würde, wenn sie in sein Zimmer kämen, um ihm „Gute Nacht!“ zu sagen.

Mitten in der Nacht wurde Mark unsanft geweckt. Es knallte leise und etwas flog ihm an den Kopf. Da schoss doch dieser Wahnsinnszwerg mit seiner Kanone Papierkugeln auf ihn ab!

„Bei allen faulen Klabauterzahnstummeln! He, du Zwergkaulquappe! Aufstehen! Jetzt heißt es Anker lichten. Du musst mir helfen!“ Der Rosenkohlpirat brüllte vom Schreibtisch in Richtung von Marks Bett. Schlaftrunken tastete Mark nach seiner Nachttischlampe. „Ich muss schlafen“, murmelte er verwirrt.

„Nein, nein, nein. Du musst mir helfen, von eurem Küchenabfluss aus wieder in See zu stechen, du verlaustes Murmeltier!“

„Sei wenigstens nachts höflich“, zischte Mark, mittlerweile einigermaßen wach, zurück.

„Bitte-bitte-bitte!“, flehte der Pirat. „Das Essen hat mich topfit gemacht und meinem Bein geht es auch schon viel besser, und ich kann einfach nicht an Land leben. Hier gehe ich ein wie eine Qualle auf Sand. Schaff mich in die Küche und lass mich in meinen Kanal zurück!“

Mark rieb sich die Augen. Er gähnte zum Steinerweichen, aber dann stand er doch auf. Nachts war wenigstens die Gefahr kleiner, dass seine Eltern ihn mit dem Piraten erwischten. Vorsichtig griff er nach dem kleinen Schiff samt dem Piraten, öffnete seine Zimmertür und lauschte: Alles war dunkel, alles war still.

Immer noch gähnend brachte er den Piraten in die Küche, wo er ihn mit seinem Schiff sorgsam in die Spüle setzte.

Der Pirat fuchtelte aufgeregt mit seinem Säbel herum. „Gleich habe ich endlich wieder eine Handbreit Wasser unter dem Kiel! Ihr verstaubten Landratten wisst nicht, was euch entgeht!“ Dann zerrte der Pirat eine kleine Kiste hervor, die er offensichtlich während Mark geschlafen hatte aus dem Rumpf des Schiffes an Deck gebracht hatte. Daraus kramte er ein zusammengerolltes Papier hervor und reichte es Mark.

Sorgfältig strich sich der Pirat den Schnurrbart glatt, bevor er sprach: „Ich mag zwar unhöflich sein, aber ich bin nicht undankbar. Du hast mich gerettet. Du hast mein Schiff wieder instand gesetzt. Dafür bekommst du zum Dank von mir die Schatzkarte von einem Kanal der unbekannten Zone. Die Karte habe ich vor einiger Zeit in einer Flaschenpost in Kanal fünfzehn aufgefischt.

Wenn du unermesslich reich werden willst, folge der Schatzkarte. Und jetzt, bei Klabauterschweißfuß und Seesternpopel, leb wohl! Wasser marsch!“

Mark brachte vor lauter Staunen kein Wort heraus und gehorchte. Wie beim ersten Mal schwamm das Boot im abfließenden Wasser Richtung Abfluss und verschwand dann darin. Mark winkte dem Piraten noch einmal zu, als der das winzige Schiff durch den Strudel hinab in die Kanalisation steuerte.

4. Kapitel: Wie wird man Pirat?

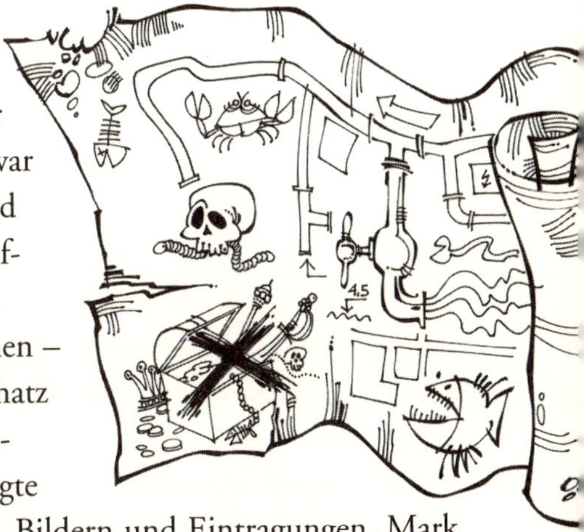

In den nächsten Tagen legte Mark die Schatzkarte nicht mehr aus der Hand. Leider war das Papier klein, alt und brüchig. Durch das Auf- und Zurollen hatte es einige Löcher bekommen – zum Glück war der Schatz aber noch darauf eingezeichnet. Die Karte zeigte ein Gewirr von Linien, Bildern und Eintragungen. Mark hatte nicht einmal eine Ahnung, wo auf der Karte Norden sein sollte, geschweige denn, welchen Abschnitt der Stadtkanäle sie zeigte. Es gab darauf merkwürdige Notizen wie „Flugplatz“, „Teufelsinseln“, „Vorsicht: Fledermäuse!“ oder „Rattenhöhlen“, auf die Mark sich überhaupt keinen Reim machen konnte. Fledermäuse? Na ja, das war sicher möglich. Aber sollte sich etwa unter der Erde in den Kanälen der Stadt ein heimlicher Flugplatz befinden ...? Blödsinn.

Und der Schatz?

Der Fundort war mit einem roten Kreuz markiert, das auf der groben Zeichnung einer Schatztruhe prangte. Bestimmt genauso eine Übertreibung wie alles andere, was der Rosenkohlpirat gesagt hatte.

Oder doch nicht?

Mark ertappte sich immer häufiger bei dem Gefühl, dass er eigentlich fürchterlich gern einmal als Pirat segeln würde. Dass er es unglaublich spannend fände, auf Schatzsuche gehen zu können. Dass der Gedanke, unermesslich reich zu sein, ihm gar nicht so schlecht gefiel.

Aber ohne den Rosenkohlpiraten würde er in der Sache nicht weiterkommen, das war Mark klar. Und nachdem er sich noch zwei weitere Ferientage ohne seine Freunde ganz schrecklich gelangweilt hatte, reifte in Mark ein Plan: Er würde den Rosenkohlpiraten anlocken. Dann würde er ihn nach der Schatzkarte fragen. Dann konnte er auch fragen, weshalb es überhaupt so etwas wie ihn in der Kanalisation gab, wie man Pirat und so winzig werden konnte. Und was es sonst noch alles dort unter der Stadt in den Kanälen gab.

Und womit konnte man einen Rosenkohlpiraten wohl ködern? Natürlich mit Rosenkohl!

Entschlossen nahm Mark sein Taschenmesser und begann, Cent um Cent aus seinem Sparschwein zu angeln. Wie gut, dass es eine Taschengelderhöhung gegeben hatte, nun, kurz bevor er in die vierte Klasse kam.

Als Mark zwei Euro neunundachtzig aus der Spardose geangelt hatte, ging er in den nächsten Supermarkt. Vergeblich suchte er nach Rosenkohl in der Abteilung für frisches Obst und Gemüse. Rosenkohl war wohl mehr ein Wintergemüse. Schon wollte Mark enttäuscht aufgeben, da fiel ihm ein, dass es ja auch gefrorenes Gemüse zu kaufen gab. Daraufhin suchte Mark in den Tiefkühltruhen, dort, wo das Gemüse lag. Hier musste es doch wohl Rosenkohl geben.

Da! Mark hatte die Beutel mit Rosenkohl entdeckt. Entschlossen griff er danach. Und er hatte Glück: Auf dem Preisschild stand: 2,29 € – da konnte er noch für seine restlichen sechzig Cent eine Tüte Brausebonbons kaufen.

Mark war an diesem Abend so aufgeregt, dass er überhaupt nicht schlafen konnte. Zuerst hatte er Angst gehabt, dass er einschlafen würde, sobald ihn seine Eltern ins Bett geschickt hatten. Aber jetzt lag er hellwach da und hörte, wie es still wurde im Haus. Als die roten Ziffern seines Radioweckers 0.00 Uhr zeigten, sprang Mark aus dem Bett. Er angelte nach der Tüte mit dem gefrorenen Rosenkohl, die er gleich nach dem Einkauf unter seinem Bett verstaut hatte.

„Igitt!“, dachte Mark, als er sie zu fassen bekam. Der Kohl war mittlerweile aufgetaut, die Tüte fühlte sich von außen nass und glitschig an. Dann schlich Mark sich in die Küche, riss die Tüte auf, schnitt ein Rosenkohlköpfchen nach dem anderen klein und spülte die Gemüseschnitzel durch den Abfluss in die Kanalisation.

„Hoffentlich schläft er nicht. Hoffentlich findet er den Rosenkohl“, flüsterte Mark leise vor sich hin. Ob es wohl klappen würde, den kleinen Piraten mit Rosenkohl zu ködern? Hoffentlich ließ er sich, so wie bei der ersten Begegnung, durch die Gemüseschnitzel anlocken.

Mark schnitt und spülte das Gemüse fort, schnitt und spülte das Gemüse fort, schnitt und spülte das Gemüse fort. Aber nichts passierte. In seinem Bett war er überhaupt nicht müde gewesen. Jetzt wurden ihm die Augenlider bleischwer. Nicht einmal die Angst, seine Eltern könnten ihn entdecken und fragen, was er da in der Küche mit dem Rosenkohl im Spülbecken veranstaltete, hielt Mark am Ende wach ...

„Soll das etwa eine Falle sein? Bei allen dreifach verknoteten Riesenseeschlangen – wer immer da oben ist – sieh dich vor! Jetzt kommt der Schrecken sämtlicher Kanäle!", dröhnte es plötzlich.
Mark fuhr hoch. War er etwa eingeschlafen? Im Licht der Laterne vor dem Haus, die die Küche gut beleuchtete, sah er, wie im Strudel des immer noch laufenden Wassers das Schiff des Rosenkohlpiraten ins Spülbecken fuhr. Kaum war es aus dem Abfluss ganz heraus, drehte Mark das Wasser wieder ab.
Der Pirat sprang von Bord. „Du schon wieder!", zeterte der kleine Mann und schwenkte seinen Säbel. „Sind noch andere Riesen da? Diese Rosenkohlschwemme ist doch bestimmt eine Falle. Aber mein Herz kennt keine Furcht, bei Haifischwarzen und Walfischkacke! Ich stelle mich jeder Herausforderung, wenn es um Rosenkohl geht!"
„Pst!", machte Mark verzweifelt, weil er fürchtete, der Pirat könnte seine Eltern wecken. „Das ist keine Falle. Ich wollte mit dir sprechen. Deshalb habe ich die Kanalisation mit Rosenkohl überschwemmt."
Immer noch misstrauisch steckte der Pirat seinen Säbel wieder ein. „Was gibt's, du müdes Landei?", knurrte er.

Mark wusste gar nicht, wo er anfangen sollte. „Ich will Pirat werden! Na ja, nicht für immer, aber ich will wenigstens einmal in meinem Leben Pirat sein! Und ich will den Schatz finden. Aber ich habe keine Ahnung, wo ich suchen soll. Und ich wollte dich fragen, ob du vielleicht einmal groß warst. Und ich möchte wissen, ob ich so klein werden kann wie du, zumindest für ein Weilchen. Und ..."

„Mach mal halblang, du spinnenbeiniger Kakerlak!", unterbrach ihn unhöflich der Rosenkohlpirat. „Bin ich etwa ein Auskunftschalter? Ich bin der Schrecken sämtlicher Kanäle! Ich bin der schrecklichste aller Piraten da unten ..."

„Ach?", wunderte sich Mark. „Da gibt es noch mehr von deiner Sorte?"

„Ich bin einzigartig!", prahlte der Zwerg. „Aber ich bin doch nicht der Einzige, der das Großsein satthatte. Dort unten", er zeigte in Richtung Abfluss, „liegt die wahre Welt der großen Abenteuer. Und mein Geheimnis besteht darin, dass ich winzig bin. Je kleiner man nämlich selbst ist, desto großartiger wird alles andere."

„Du hast gesagt, du hattest das Großsein satt? Warst du denn einmal groß? Wer oder was warst du denn?", wollte Mark sofort wissen.

Täuschte er sich, oder sah der kleine Pirat ein wenig verlegen aus, als er antwortete: „Früher war ich Bankdirektor. Alles Schnickschnack. Nur Schlachten auf dem Papier. Immer freundlich, allzeit höflich. Und jeden Tag Anzug und Krawatte. Das ist doch kein Leben! Jetzt kämpfe ich mit blanker Waffe, bei Sägefisch und Schwertwal! Mein Hemd hat mehr Löcher als schweizer Käse. Und wenn ich ordentlich Rosenkohl esse, kann ich pupen, wann und so laut ich will, bis die Fledermäuse an der Tunneldecke wackeln!"

Mark vergaß seine Bedenken: Einmal wirklich Pirat sein? Das wäre doch etwas!
„Wie bist du so winzig geworden? Kann ich auch klein werden? Ich will mit dir auf Schatzsuche gehen und die Welt unter der Stadt kennenlernen."
„Zum Kleinwerden musst du ganze drei Minuten an nichts anderes denken als an deinen Wunsch", erwiderte der Pirat.
„Das ist alles?", wunderte sich Mark.
Der Pirat lachte schallend: „Typisch blauäugige Landratte. Immer dumm und voreilig wie Seeteufelbrut – ich wette, du schaffst es nicht, drei Minuten einzig und ausschließlich zu denken, dass du klein und Pirat sein willst!"
„Und wenn ich es schaffe?", fragte Mark.
Der Rosenkohlpirat winkte großspurig ab: „Keine Chance. Da bin ich mir absolut sicher. Wenn du es doch schaffst, dann darfst du bei mir Schiffsjunge werden. Und ich verspreche, wir gehen auf Schatzsuche. Dabei weiß jeder giftschleimige Ochsenfrosch, dass man diesen Schatz eigentlich nicht heben kann, weil er von schrecklichen Ungeheuern bewacht wird. Ich gebe dir jetzt, trotz allem, in meiner unglaublichen Großzügigkeit zehn Minuten Zeit, deine Gedanken zusammenzuraffen!"

Mark nickte langsam. Jetzt bloß nichts Unüberlegtes tun. Sicher, er wollte Pirat werden, aber er wollte bestimmt nicht sein ganzes Leben in Kanälen verbringen. „Kann ich mich wieder zurückverwandeln?“, fragte er deshalb.

„Wer sollte wieder hier oben leben wollen, wenn er einmal Freibeuter und die Welt riesig war?“, zeterte der Zwerg verständnislos. „Aber wenn du es unbedingt wissen willst, du grüner Hering: Ja, du kannst dich in einer Woche zurückverwandeln. Wenn du nach genau sieben Tagen bei Sonnenaufgang hier an dieser Stelle stehst, dann wirst du wieder ein großer Mensch. Aber du hast nur diese eine Chance – bist du nicht zur festgesetzten Zeit hier, bleibst du klein und kannst auf keinem Weg in dein altes Leben zurückkehren!“

Mark erschrak. Er wollte eigentlich nur mal eben kurz einen Blick ins Piratenleben und in die Kanalisation werfen. Was würden seine Eltern sagen, wenn er für eine Woche verschwand? Deshalb ließ er den Kopf hängen.

„Eine Woche? So lang kann ich nicht weg. Meine Eltern würden ...“

„Muttersöhnchen! Hängt an Mamas Rockzipfel wie das Seepferdchenfohlen an Papas Bauchtasche“, höhnte der Pirat. „Aber wenn es dich beruhigt – du bist nur eine Nacht weg, wenn man die Zeit nach menschlichen Maßstäben berechnet. Sobald du klein bist, vergeht nämlich die Zeit ganz anders. Du kennst das doch bestimmt von den Eintagsfliegen: An einem Tag erleben die, wozu Menschen ein ganzes Leben brauchen. So ähnlich wird es dir in den Kanälen gehen, wenn du selbst klein bist – eine Nacht voller Abenteuer wird sich anfühlen wie eine Woche oder sogar mehr."

Mark nickte entschlossen. Er wollte es wagen – aber nicht im Schlafanzug!

„Ich zieh' mich eben noch um", sagte er deshalb zum Piraten. Dann lief er in sein Zimmer. Schnell schlüpfte er in die Hose, die noch auf seinem Stuhl lag. Und aus dem Kleiderschrank riss er ein T-Shirt heraus. Dann flitzte er zurück in die Küche. Der Rosenkohlpirat kratzte gerade mit seinem Säbel Gemüsereste aus der Rosenkohltüte und leckte dann den Säbel ab – es sah gefährlich aus.

„Na, dann mal los!", polterte er. „Du hast zehn Minuten Zeit, nur daran zu denken, so klein wie ich und ein Pirat zu werden. Und wenn du es schaffst, wirst du mein Schiffsjunge. Ich fülle in der Zwischenzeit meine Rosenkohlvorräte mit den kümmerlichen Resten auf, die du nicht in den Kanal gespült hast, du ungeschickte Quallenlarve."

5. Kapitel: Die Welt unter der Stadt

Mark setzte sich auf die Arbeitsplatte neben der Spüle und kniff die Augen zu. „Ich will ein ganz kleiner Pirat sein!", dachte er mit aller Macht. „Ich will ein ganz kleiner Pirat sein!"
Da summte eine Mücke. Mark riss die Augen auf und schlug danach – er hasste Mückenstiche. Der Rosenkohlpirat lachte meckernd: „Du schaffst es nicht, du hohler Seeigel!"
Mark kniff die Augen wieder zu und versuchte, sich zu konzentrieren. „Ich will ein ganz kleiner Pirat sein. Ich will winzig werden. Ganz, ganz klein!"
Diesmal schaffte er es länger.

So lange, bis er sich fragte, ob die Zeit nicht bald um sei. Wieder blinzelte er und linste nach der Küchenuhr. Der Rosenkohlpirat hatte seine helle Freude. Er sprang auf dem Spülbeckenrand herum und johlte: „Schiffsjunge wirst du bei mir nicht, bei allen speckigen Fischläusen! Du hast nur noch dreieinhalb Minuten, um die Wette zu gewinnen."

Mark war mittlerweile klar, dass es tatsächlich unglaublich schwierig war, nur einen einzigen Gedanken im Kopf zu haben. Aber da fiel ihm ein Trick ein: Wenn er Schlagzeugunterricht hatte, dann füllte ihn manchmal ein bestimmter Rhythmus, den er üben musste, ganz und gar aus. Es müsste ihm jetzt nur gelingen, seinem Wunsch einen gewissen Takt, einen Rhythmus zu geben – vielleicht würde es dann klappen. Ganz kurz überlegte er, dann schloss er ein drittes Mal die Augen und dachte:
„Ich werde winzig klein,
um Pirat zu sein!
Ich werde winzig klein,
um Pirat zu sein!"

Mark dachte diesen Satz nicht wirklich – er sang ihn innerlich vor sich hin; sein Kopf nickte dabei mit geschlossenen Augen auf und ab, so wie er das beim Trommeln immer machte.

... da plötzlich fuhr Mark auf. Etwas hatte ihn in den Hosenboden gestochen! Unwillkürlich riss er erschrocken

die Augen auf. Der Pirat stand neben ihm auf dem Waschbeckenrand. Mit einer Hand piekte er ihn mit dem Säbel in den Po, um ihn vorwärts zu treiben. Mit der anderen Hand angelte er bereits nach einem Seil, das er um einen Hebel des Wasserhahnes gebunden hatte.
„Los, runter mit dir, du unreifes Gemüse. Wir legen ab. Was hab' ich mir da nur angetan? Eine grüne, unerfahrene Landratte an Bord zu nehmen, ein Muttersöhnchen, ein Weichei! Eine Woche lang habe ich jetzt die Verantwortung für diese o-beinige Krabbenlarve!"
Und ehe Mark einen klaren Gedanken fassen konnte, hing er an dem Tau und musste alle Kräfte zusammennehmen, um nicht in die gähnende Tiefe des Spülbeckens zu stürzen. „Ich bin klein! Ich bin absolut winzig! Und das Spülbecken ist riesengroß", schoss es ihm durch den Kopf. Dann hatte er buchstäblich alle Hände voll zu tun, um sich Hand für Hand am Seil abwärtszuhangeln.
„Mach voran, du transusige Tarantel! An Bord und den Anker lichten", nörgelte der Pirat, dem das alles viel zu langsam ging. Er zog so lange vom Deck seines Schiffes aus am Seil herum, bis sich der Hebel des Wasserhahnes tatsächlich drehte und wieder Wasser lief und in den Abfluss gurgelte.

Mark, dem das alles im Gegensatz zum Piraten viel zu schnell ging, hielt die gebogene Ankernadel in der Hand, als das Schiff einige Augenblicke später in schnellen Kreisen abwärts schoss und die vertraute Küche erstaunlich schnell verschwand.

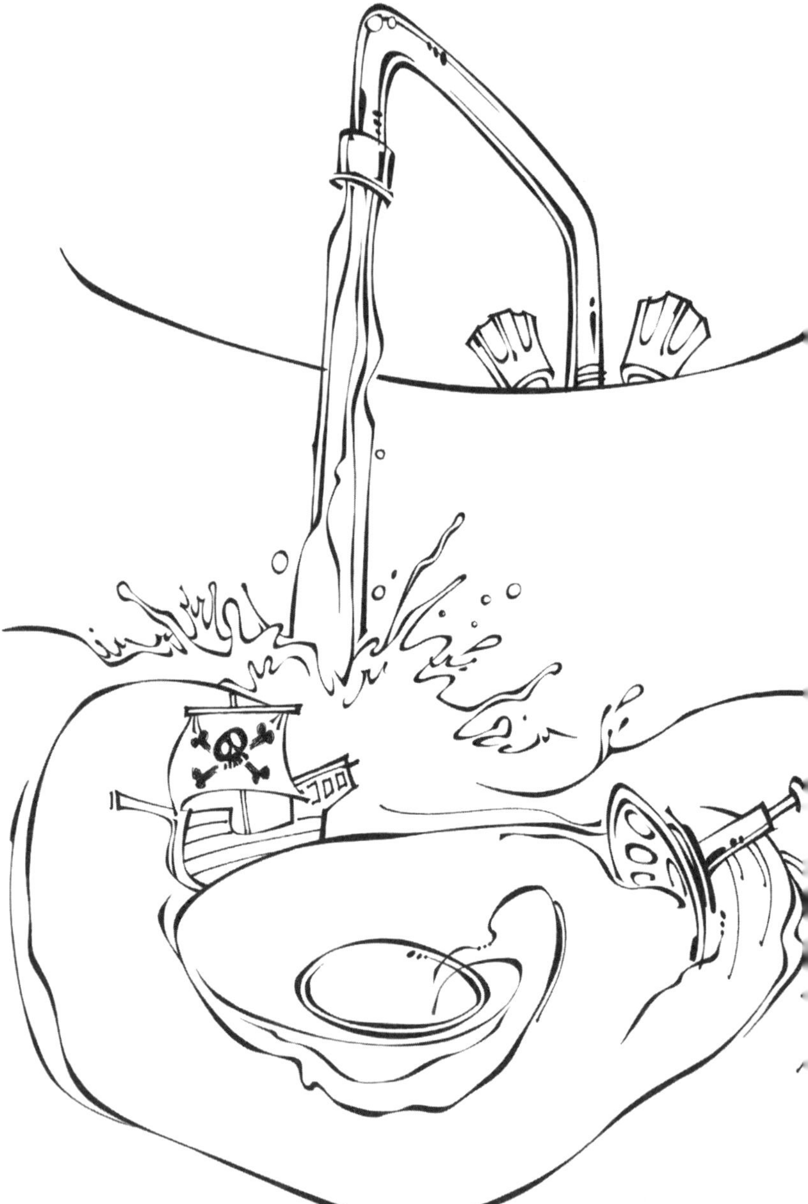

„Oh Mann! Auf was habe ich mich da eingelassen?“, fragte er sich nun doch sehr ängstlich.
Zuerst war es tintenschwarz um ihn herum. Dann entdeckte er aber, dass sich seine Augen allmählich an die Dunkelheit gewöhnten. Es ging immer noch rasend schnell abwärts – das Gefühl in Marks Magen war das gleiche wie auf einer Achterbahn. Das Gefühl in seinem Herzen aber war ein ganz anderes. Denn anders als auf der Achterbahn, wo die Fahrt immer schnell vorbei war, wusste er diesmal nicht, was ihn erwartete.
„Da muss ich jetzt wohl durch!“, murmelte Mark entschlossen.
„Genau. Da müssen wir jetzt wohl durch!“, schrie der Pirat vom Steuerrad her. „Halt dich bloß fest, denn wenn du in den grauen Wasserfällen über Bord gehst, wirst du Futter für die Piranhas!“
Mark wickelte sich vorsichtshalber ein Tau zweimal fest um den Bauch und klammerte sich dann an der Reling fest. Ein lautes Prasseln dröhnte in seinen Ohren – das Schiff schoss durch einen grauen Vorhang aus Wasser, dann glitt es ruhig dahin. Mark atmete einmal tief durch.
„Nicht schlecht, Landratte, gar nicht schlecht“, ließ sich der Rosenkohlpirat vernehmen. „Jetzt die Beine in die Hand genommen und Segel gesetzt! Sonst verpassen wir die Flut und sitzen einen Tag lang wie gestrandete Seeigel diesseits der Flachwasserkanäle fest. Das Tau links von dir, damit kannst du das Segel hissen.“

Mark schwirrte der Kopf. Er hatte nicht einmal mitbekommen, wie er klein geworden war – aber offenbar war er sogar noch ein wenig kleiner als der Rosenkohlpirat. Und er fuhr auf einem Segelschiff durch schummrige Kanäle. Über ihm wölbte sich eine hohe, halbrunde Decke. Mark wunderte sich, dass er sogar die einzelnen Ziegelsteine dort oben erkennen konnte.
„Staun nicht in der Gegend rum!“, schnauzte der Pirat. „Segel setzen hab' ich gesagt, du seegrasfressende Schnecke!“
Mark beeilte sich, das Segel hochzuziehen – es fühlte sich tonnenschwer an. Als er vor Kurzem daran herumgebastelt hatte, war es noch ein federleichter Fetzen für ihn gewesen.
„Ja, hier unten bekommen auch die kleinsten Dinge ein ganz anderes Gewicht“, erklärte der Pirat, so als hätte er Marks Gedanken gelesen. „Alles ist anders, wenn man ganz klein ist.“
„Stimmt“, dachte Mark. Solange er viel größer als der Rosenkohlpirat gewesen war, hatte er dessen Unverschämtheiten und Größenwahn eher als komisch empfunden. Jetzt war Mark einen guten Kopf kleiner. Und dazu kam noch, dass er völlig abhängig von dem Piraten war, wenn er jemals nach Hause zurückfinden wollte. Da war die Sachlage eine ganz andere.
„Wieso ist es hier eigentlich nicht dunkel?“, wunderte sich Mark.
„Es ist dunkel“, erklärte der Rosenkohlpirat. „Nur haben kleine Wesen Nachtaugen. Wir können auch in dunklen

Höhlen etwas sehen. Wenn man derart klein ist wie wir, muss man schon ein paar besondere Fähigkeiten haben. Sonst ist das Leben zu schwierig. Du kommst sicher noch dahinter."

Und schon folgte Marks nächste Frage: „Gibt es bei dem Wasserfall wirklich Piranhas?"

Der Rosenkohlpirat grinste: „Du glaubst mir wohl nicht? Lass dir von einem alten Kanalbären gesagt sein: Hier unten gibt es viel, viel mehr, als du dir vorstellen kannst. Die Giftkanäle sind schuld. Da fließen die Abwässer der Industrie durch. Und manchmal ist etwas im Wasser, was nicht drin sein sollte. Dadurch wachsen einige kleine Wesen ins Riesenhafte und sanfte Algenfresser werden blutrünstig. Die Piranhas gibt es wirklich – du glaubst gar nicht, was Menschen alles im Klo runterspülen. Die Piranhas haben sich die grauen Wasserfälle nahe der Flachwasserkanäle als Jagdgrund gewählt. Da ist schon so mancher gekentert. Und die Piranhas dort sind dick und fett!"

Mark zog sich sein T-Shirt aus. Er war tropfnass geworden, als das Schiffchen den Wasserfall passiert hatte. Aber er fror nicht: Unter der Stadt war es angenehm warm – geradezu tropisch.

Schon fiel ihm die nächste Frage ein: „Das Wasser ist gar nicht schmutzig. Wieso?"

„Frischwasser- und Regenwasserkanäle sind meine bevorzugten Gewässer. Wenn ich in einem Stinkkanal war, muss übrigens hinterher der Schiffsjunge das Boot wieder schrubben." Der Rosenkohlpirat lachte, dass es nur so

durch den Tunnel hallte, als er sah, wie entgeistert Mark bei dieser Information dreinblickte.
Mark schluckte, aber mutig schoss er seine nächste Frage ab: „Wieso gibt es hier unten Ebbe und Flut?"
„Neugierig wie ein hohlköpfiges Walfischkalb!", beschwerte sich der Pirat. „Ich habe keine Ahnung! Bin ich Wissenschaftler? Ich bin Pirat. Und mir ist egal, weshalb es hier unten Ebbe und Flut gibt, solang' ich weiß, wann sie kommen."
Mark wollte gerade fragen, ob es in den Kanälen irgendwo so eine Art Uhr gäbe, da schrie der Pirat: „Ducken! Fleder voraus! Festhalten!"
Mark blickte erschrocken nach vorn – er sah einen riesigen Schatten auf sich zugleiten, der an der Höhlendecke entlangflog. Dann wirbelte ein starker Luftzug das kleine Schiff herum und Mark stürzte zu Boden. Mit dem Kopf stieß er dabei so fest gegen die Kajütentür, dass er das Bewusstsein verlor.

6. Kapitel: Leichtmatrosen haben's schwer!

„Ah, er schlägt die Augen auf!“, hörte Mark eine fremde Stimme sagen.
„Wird aber auch Zeit! Er schläft jetzt schon fast zwei Tage“, ließ sich der Rosenkohlpirat vernehmen. „Wer nicht hören kann, muss fühlen. Ich habe gesagt: ‚Ducken und Festhalten!‘, aber nein, der gelbkrallige Grünfrosch hier muss ja erst in aller Ruhe gucken, wie die Fledermaus auf uns zu fliegt!“
„War sie sehr groß?“, ließ sich die fremde Stimme wieder vernehmen.
„Riesig! Mein Schiff wurde ganz schön herumgewirbelt“, erwiderte der Rosenkohlpirat. „Wer weiß, welche Abwässer vom Chemiewerk die gesoffen hatte!“

Mark blinzelte. Er lag auf einem Bett, so viel war sicher. Über sich sah er eine dunkle Holzdecke. Die fremde Stimme gehörte zu einem Arzt. Das konnte Mark sehen, denn der Mann, der ebenso groß war wie der Rosenkohlpirat, trug einen nicht mehr ganz weißen Kittel. Außerdem hatte er ein Stethoskop vor der Brust baumeln.
Da trat der Rosenkohlpirat an sein Bett: „Na, du Landplage? Wieder wach? Hier, ich habe dir eine kräftige Suppe gekocht, die bringt dich wieder auf die Beine.“ Damit hielt er Mark einen Löffel mit einer grünen Brühe vor den Mund. Mark schluckte gehorsam.
„Igitt! Rosenkohlsuppe!“, schoss es ihm durch den Kopf.

Er sprang auf und sah sich verzweifelt um, wo er die Suppe ausspucken könnte. Nichts zu entdecken. Mark schluckte sie mit Mühe hinunter und würgte erst einmal. Krachend schlug ihm der Rosenkohlpirat auf die Schulter und dröhnte: „Siehst du, Doc? Deine Medizin kannst du vergessen. Rosenkohl, das ist es, was einen auf die Beine bringt!"

„Alles in Ordnung?", fragte der Arzt Mark, der immer noch würgte. „Übelkeit ist bei einer Gehirnerschütterung normal. Du hast dir kräftig den Kopf an der Kajütentür gestoßen, als die Fledermaus euch herumgewirbelt hat. Da ist eine wunderschöne Beule auf deiner Stirn. Du bleibst besser ein paar Tage liegen, dann ist alles wieder im Lot."

„Aber Doc", ließ sich der Rosenkohlpirat wieder vernehmen, „er will nicht für immer in den Kanälen bleiben.

Das ist zwar dumm und kurzsichtig wie frisch geschlüpfte Schneckenbrut, aber was soll ich machen? Das bisschen Zeit, das er hier unten hat, kann er doch nicht wie ein Winterschlaf haltender Zwergeisbär im Bett verbringen."
„Hm", brummte der Arzt, „aber bis morgen muss er sich ruhig verhalten und hierbleiben, sonst kann so eine Gehirnerschütterung böse Folgen haben. Keine Ausfahrt, keine Schaukelei auf deinem Kahn!"
Wenn jemand sein stolzes Schiff einen Kahn nannte, wurde der Pirat fuchsteufelswild. Zum Glück vergaß er vor lauter Wut sogar, Mark noch mehr von der Rosenkohlsuppe einzuflößen. Er zeigte dem Arzt wortlos und voller Verachtung einen Vogel, schnappte sich eine Angel, lief aus dem Zimmer und knallte die Tür hinter sich zu. Draußen begann das Schimpfen: „Blöder Quacksalber! Von wegen Kahn! Du bist so blind, du kannst ja noch nicht mal einen Fliegenpilz von einer Aspirintablette unterscheiden!", brüllte er. „Ich geh' fischen. Kümm're du dich um das langweilige Landei, wenn du willst. Ich jedenfalls, bei Rochenkrätze und Kiemenfilz, werde keinen Tag ohne Segeltörn verbringen, nur weil sich jemand den Kopf ein wenig gestoßen hat!"

Der Arzt lächelte. Er schien dem Piraten seine Ausdrucksweise nicht weiter übelzunehmen.
„Kann ich bitte etwas zu trinken haben?“, fragte Mark zaghaft. Er musste den fiesen Geschmack des Rosenkohls von der Zunge spülen!
„Sicher“, erwiderte der Arzt. Mit der Hand wies er auf einen Tisch und zwei Stühle, die mitten in dem kleinen Raum standen. „Setz dich!“

Jetzt erst kam Mark dazu, sich ein wenig umzusehen: Er befand sich offensichtlich in einem Holzhaus. Auch die Möbel waren aus Holz.
Viele gab es nicht: ein Bett, einen Tisch, die beiden Stühle, dazu eine Reihe Fässer und ein großes Regal. Darin türmten sich Geschirr, Säbel, Kleidungsstücke, Fischnetze, eine kleine Kanone und weiß Gott, was noch alles! Durch drei Fenster und eine Tür konnte man hinaussehen: Offensichtlich lag das Haus direkt am Wasser, denn gerade entfernte sich das Segel des Piratenschiffes – der Rosenkohlpirat fuhr also tatsächlich zum Fischen aus.
Der Arzt goss Wasser aus einem Krug in einen Becher, den er Mark reichte. Offenbar kam Mark in der Welt unter der Stadt gar nicht aus dem Fragen heraus. „Wie kommt ein Arzt hierher?“, wollte er wissen.
„Ist doch egal, wo ich arbeite, ob in der Stadt oder unter der Stadt. Ein Arzt wird überall gebraucht“, erwiderte der Doktor. „Ich war oben Laboratoriumsmediziner. Viel Arbeit mit dem Mikroskop, weiß du? Vielleicht habe ich mich zu sehr für die kleinen Dinge interessiert. Jedenfalls

bin ich jetzt selbst klein. Und ich finde es großartig! Weshalb bist du hier?"
„Ich will mit dem Rosenkohlpiraten auf Schatzsuche gehen", erklärte Mark.
Der Arzt nickte bedächtig. „So. Hat der alte Haudegen seine Schatzkarte mal wieder herausgekramt. Gefährliche Sache."
Mark rieb sich den Kopf. Er hatte durch den Sturz und den Zusammenprall mit der Kajütentür wirklich eine gewaltige Beule bekommen! „Dass es hier gefährlich ist, weiß ich jetzt", meinte er. „Ich wollte eben einmal ein bisschen Pirat sein. Und wer will keinen Schatz finden?"
Der Arzt lachte. „Na, du hast Nerven! Ein bisschen Pirat sein? Das geht nicht! Hier gilt: ganz oder gar nicht. Wenn die Tomatenpiraten dich zu fassen kriegen, dann fragen die nicht lange nach, ob du ein Ganz-Pirat oder ein Halb-Pirat bist."
„Oh Mann!" Mark raufte sich die Haare. „Auf was habe ich mich da bloß eingelassen?"
Der Arzt tätschelte Mark beruhigend den Arm. „Du wolltest doch wohl ein Abenteuer, oder? Jetzt hast du eins. Ohne Risiko erlebt man gar nichts. Wenn es dich beruhigt: Du bist beim Rosenkohlpiraten in den besten Händen. Der ist hier im Hauptkanal sieben überall geachtet und gefürchtet. Wenn du dich an ihn hältst, bist du einigermaßen in Sicherheit."
„Jaja", maulte Mark. „Ich bin in Sicherheit, solange keine Katzen kommen oder Wasserfälle, Piranhas, Fledermäuse, die Tomatenpiraten und wer weiß, was sonst noch alles."

„Kann schon sein, dass es hier unten gefährlich ist – aber langweilig, wie in meiner alten Praxis, ist es nie“, gab der Arzt zu bedenken. „Ich muss jetzt wieder heim. Vielleicht kommen heute noch andere Patienten. Übrigens, wenn ich du wäre, würde ich mich etwas im Haushalt nützlich machen. Für einen Schiffsjungen gehört sich das so.“
„Was soll ich denn tun?“, fragte Mark und sah sich ein wenig ratlos um.
„Zum Beispiel fegen, wischen, aufräumen und das Essen richten. Das sind leichte Arbeiten. Hauptsache, du überanstrengst dich heute nicht“, empfahl der Arzt und wandte sich zum Gehen. Mark bedankte sich artig für die Hilfe und half dem Doktor, in sein kleines Ruderboot zu klettern, das am Pier vor dem Haus angebunden war. Er winkte noch eine Weile, bis das Boot im Zwielicht des Kanals verschwunden war.

Mark hätte es nie zugegeben, aber er fühlte sich fürchterlich verlassen, als der Arzt verschwunden war. Was wäre, wenn jetzt irgendso ein Monster aus dem Wasser auftauchte? Was, wenn eine Riesenfledermaus Appetit auf ziemlich ahnungslose, junge Zweibeiner bekäme? Was, wenn der Rosenkohlpirat nicht heimkäme, weil ihm etwas zustieße auf seiner Angeltour? Dann müsste Mark für immer hier unten bleiben ...
Als Mark mit seinen Gedanken so weit gekommen war, straffte er sich. Gut, er hatte Angst. Aber das hieß ja nun nicht zwangsläufig, dass er sich wie ein Feigling verkriechen musste!

Das Haus des Rosenkohlpiraten wirkte ziemlich sicher. Es war auf ein paar Ziegeln gebaut, die aus der Wand eines breiten Kanals wie ein großes Regalbrett herausragten. Das Haus hatte eine Art Vorgarten. Der war mit einer Palisade geschützt – es gab sogar einen Turm mit einem Ausguck. Die Leiter, die auf die kleine Plattform oben auf dem Turm führte, hatte zwar nur sechs Sprossen, aber immerhin. Das ergab, alles in allem, eine richtige kleine Festung! Außerdem war da noch der Anlegesteg, an dem das Schiff des Piraten oder die Wasserfahrzeuge von Besuchern festmachen konnten. Mark blickte im Kanal stromauf und stromab – alles schien ruhig. Also kein Grund zur Panik.

Dann machte er sich seufzend an die Arbeiten, die ihm der Doktor empfohlen hatte: fegen, wischen, aufräumen und das Essen richten. Mark fühlte sich noch ein wenig schwindelig im Kopf. Aber es schien ihm wichtig, dass der ohnehin leicht reizbare Pirat bei seiner Rückkehr keinen Grund hatte, sich über irgendetwas zu beklagen. Schließlich war es der Rosenkohlpirat, der Mark zur richtigen Zeit wieder daheim abliefern sollte.

Bei einem echten Piraten das Hausmädchen zu spielen war allerdings alles andere als angenehm! Was fegte Mark nicht alles aus den Zimmerecken zusammen: Fischgräten, eine Mausefalle mit schimmeligem Brot, aber zum Glück ohne Maus, unordentlich aufgeknäuelte Angelschnur, nach Fisch stinkende Kleidung, Algenfäden, Muschelschalen, Sand und Kies, und, und, und.

Einen Scheuerlappen fand Mark nicht auf Anhieb, aber er beschloss mutig, dass ein altes Hemd des Piraten, das eindeutig viel, viel mehr Löcher als Streifen hatte, einen guten Scheuerlappen abgäbe. Wasser holte er aus dem Kanal mit einem verbeulten Fingerhut als Eimer. Das Wasser war übrigens auch hier angenehm sauber!
In dem überfüllten Regal für Ordnung zu sorgen, war schwierig; scheinbar fischte der Pirat allerlei aus den Kanälen und brachte es mit nach Hause. Ein Blick in das Regal war wie ein Blick auf einen ganz verrückten Trödelmarkt. Und um das Essen zu richten, fiel Mark nicht wirklich etwas ein. Einen Kühlschrank gab es hier unten nicht und bei seiner Aufräumaktion hatte er auch keine Lebensmittel gefunden, außer zwei kleinen Päckchen Zwieback. Die Fässer enthielten allesamt eingemachten Rosenkohl. Mark wollte einfach so tun, als gäbe es den gar nicht. Deshalb deckte er nur den Tisch und stellte ein Zwiebackpaket in die Mitte. Dann kletterte er auf den Turm in der Palisade und setzte sich vorsichtig mitten auf die Plattform des Ausgucks. Das Ding besaß kein Geländer und auf einmal war Mark ganz froh, dass die Leiter nur sechs Sprossen hatte. Lange schaute er abwechselnd nach rechts und links, in der Hoffnung, bald das Segel des Rosenkohlpiraten zu entdecken.

7. Kapitel: Seidenpfote

Ein Zeitgefühl hatte Mark hier unter der Stadt nicht. Es gab keinen Tag, keine Nacht, nur eine Art gleichmäßige, schummrige Beleuchtung. Mark war sich nicht sicher, ob er dieses Licht als freundlich oder bedrohlich empfinden sollte.

Irgendwann bekam er Hunger. Er verließ schließlich seinen Ausguck, trank im Haus noch einmal Wasser und aß ein paar Zwiebackscheiben. So langsam wurde er ungeduldig – und seine Fantasie ging mit ihm durch: In immer schaurigeren Farben malte er sich aus, was dem Piraten inzwischen alles zugestoßen sein könnte – und was ihm selbst zustoßen könnte, wenn der Pirat verschollen bliebe ...

Nach der Ungeduld kam die Müdigkeit. Die Aufregung und wohl auch der Sturz samt Folgen, die Putz- und Aufräumaktion, all das sorgte dafür, dass Mark schließlich auf seinem Posten nur noch gähnte! Da beschloss er, dass es Zeit sei, sich ins Bett zu legen. Da es nur ein Bett beim Rosenkohlpiraten gab, zögerte Mark nicht lange und legte sich dort hinein. Sofort fiel er in einen tiefen und erschöpften Schlummer.

Nur sehr langsam wurde Mark wieder wach. Er hatte keine Ahnung, wie lange er geschlafen hatte, aber er fühlte sich eigentlich recht ausgeruht. Er schwang beide Beine aus dem Bett, reckte und streckte sich und fragte sich gerade, ob der Rosenkohlpirat wohl eine Zahnbürste für

ihn hätte – da ging die Tür langsam auf. Freudig lief Mark darauf zu, in der Erwartung, endlich den Rosenkohlpiraten zu sehen. Aber als er die Tür ganz aufriss, blieb ihm fast das Herz stehen: Er starrte in ein Auge, das so groß war wie sein ganzer Kopf! Es saß in einem furchterregenden Raubtiergesicht mit spitzer Schnauze. Die Schnauze wurde aufgerissen; gewaltige, nadelspitze Zähne waren zu sehen.
Mark schrie vor Schreck: „Hilfe!"
Die Schnauze schrie auch: „Hilfe!"
Und die große Ratte, die zu den Augen und der Schnauze gehörte, machte auf den Hinterpfoten kehrt, um wegzulaufen.

Mark überlegte blitzschnell: Jemand, der bei seinem Anblick „Hilfe!" rief, obwohl er selbst viel größer war als Mark, war wohl nicht wirklich gefährlich, oder? Und noch länger allein bleiben in dieser fremdartigen Welt wollte Mark auf keinen Fall. Deshalb raffte er all seinen Mut zusammen und rief: „He, du, Ratte! Bleib bitte da! Nicht weglaufen! Ich tu' dir nichts!"
Die Ratte stoppte mitten auf dem Bootssteg. Ängstlich blickte sie über die Schulter zu Mark zurück.

Ihre Schnurrbarthaare zitterten, als sie fragte: „Wo ist mein Freund, der Rosenkohlpirat? Was hast du mit ihm gemacht?“

„Gar nichts. Der ist zum Angeln verschwunden“, beeilte sich Mark zu erklären.

Jetzt drehte die Ratte sich ganz herum. „Ach, zum Angeln! Das kann dauern“, meinte sie. „Und wer bist du? Was machst du hier?“

„Ich heiße Mark. Tja, und was ich hier mache? Das ist eine gute Frage. Im Moment warte ich.“ Dann berichtete er der großen Ratte, wie er den Rosenkohlpiraten kennengelernt, wie er ihn vor der Katze gerettet und wie es ihn in die Kanäle verschlagen hatte.

„Und wer bist du?“, fragte Mark schließlich.

Da erzählte die Ratte, dass sie Seidenpfote hieße, dass sie schon lange mit dem Piraten befreundet sei und hin und wieder auf ein kleines Schwätzchen vorbeikäme.

Plötzlich schlug Mark sich vor den Kopf: „Wieso können wir beide eigentlich miteinander sprechen? Hier unten ist alles so fremd – ich wundere mich schon über gar nichts mehr!“

„Kleine Wesen haben Alles-Ohren. Du kannst jedes Tier verstehen. Das zählt zu den besonderen Fähigkeiten für Winzlinge“, erklärte die Ratte.

Die beiden beschlossen, gemeinsam auf den Rosenkohlpiraten zu warten. „Wenn er angelt, vergisst er einfach alles. Er liebt Rosenkohlrezepte mit Fisch. Ich kenne ihn“, meinte Seidenpfote. „Vielleicht könntest du mir in der Zwischenzeit den Pelz ein wenig kämmen? Sonst macht der Rosenkohlpirat das immer. Ratten sind nämlich nicht schmutzig, auch wenn das viele Leute glauben. Wir schätzen einen gepflegten Pelz. Da müsste eine weiche Bürste in diesem Regal liegen."

Es war nicht ganz einfach, die Bürste zu finden, denn die war in einer leeren Dose versteckt. Aber schließlich lag Seidenpfote entspannt vor dem Haus und Mark kletterte barfuß auf ihrem Rücken herum und kämmte die Haare gewissenhaft durch. Es machte ihn sehr stolz, dass er so ein riesiges Tier pflegen durfte! Dabei unterhielten sich die beiden weiter. Es gab für Mark so viel zu fragen!

Er erfuhr, weshalb die Teufelsinseln, die aus mehreren Sandbänken bestanden, gefährlich waren. Seidenpfote berichtete, dass dort immer wieder Kanalbewohner und Schiffe auf geheimnisvolle Weise verschwanden. In den Kanälen wurde getuschelt, dort sei es nicht geheuer. Niemand wagte sich mehr hin. Man vermutete, irgendwelche Monster aus den Abwässern der Chemiefabrik hätten sich dort angesiedelt.

Und Seidenpfote berichtete von den Tomatenpiraten. „Die sind zu dumm zum Angsthaben!", lästerte die Ratte. „Obwohl sie zu dritt sind, hat der Rosenkohlpirat sie schon mehrmals versenkt. Ständig müssen die ihr Schiff wieder heben und flicken."

Mark bürstete und bürstete. Der Rosenkohlpirat kam nicht. Schließlich sank Marks Arm müde herab. „Soll ich mal bei dir?", fragte Seidenpfote freundlich.

Mark lachte und winkte ab: „Das lohnt nicht bei meinen paar Haaren!“
Dann aßen sie gemeinsam die letzten Zwiebackscheiben. Der Rosenkohlpirat kam immer noch nicht.
„Und wenn er nicht mehr wiederkommt?“, fragte Mark schließlich zaghaft. „Ich brauche ihn. Nur der Rosenkohlpirat weiß, wann und wo genau ich wieder nach oben komme. Sonst muss ich für immer hier unten bleiben.“
Seidenpfote und Mark beschlossen, noch eine Nacht zu warten, ob der Rosenkohlpirat wiederkäme. Wenn nicht, wollten sie ihn suchen gehen.
„Das ist eine tolle Welt in unseren Kanälen“, versuchte Seidenpfote Mark zu trösten.
„Mag sein“, erwiderte der. „Aber es ist nicht meine Welt. Und ich bin gekommen, weil ich dachte, ich könnte auch wieder gehen.“

Am nächsten Morgen – oder zumindest behauptete die Ratte, es wäre der nächste Morgen – weckte Seidenpfote Mark. Sie strich sich die Schnurrbarthaare glatt. „Schon mal auf einer Ratte geritten?“, fragte sie dann. „Wir gehen jetzt auf die Suche. Du kannst dich auf meinen Rücken setzen. Klammer’ dich am Pelz fest! Ich kenne ein paar Plätze, die der Rosenkohlpirat besonders mag. Da schwimm’ ich mit dir hin.“

8. Kapitel: Die Befreiung

„Das ist wie Elefantenreiten!“, freute sich Mark, der ganz trocken oben auf dem Rücken der Ratte thronte.
„Pffft!“, schnaubte Seidenpfote verächtlich. „Ich sehe ja wohl besser aus, als so eine Langnase! Da drüben links siehst du übrigens bei der Abzweigung in Kanal fünf unsere Algenweide. Wer etwas Grünes mag, kann hier fressen oder ernten. Da bin ich ziemlich oft. Ich habe festgestellt, dass man von Grünzeug einen fantastischen Glanz im Pelz bekommt. Deshalb bin ich ein reiner Pflanzenfresser geworden. Man muss eben etwas tun, wenn man gut aussehen will.“
Mark schaute gehorsam nach links, wo von oben ein wenig Licht in den Kanal fiel, und bestaunte die Algen an der Wand. Es war wunderbar, mit der Ratte durch die Kanäle zu dümpeln. Er fühlte sich auf Seidenpfotes Rücken ausgesprochen sicher. Als einmal der große Schatten einer Fledermaus über beide hinwegfegte, spürte er nur einen scharfen Luftzug. Die Ratte kam dadurch nicht ins Trudeln. Schließlich hatte sie kein Segel, in dem die Luft sich fangen konnte.

Seidenpfote erklärte Mark alle möglichen Erscheinungen und Wunder der Welt unter der Stadt. Aber sie gab auch immer wieder Warnungen, wie zum Beispiel: „Nie da hineinschwimmen! Schnüffel mal!“
Mark schnupperte. Einmal roch er eindeutig einen Abwasserkanal, beißender Gestank zog von dort heraus. Ein

andermal nahm er einen vagen Geruch wahr, der ihn irgendwie an Reinigungsmittel erinnerte.
„Da geht es zum Chemiewerk“, erklärte Seidenpfote. „Wenn du Monster magst, kannst du dorthin gehen. Wenn dir dein Leben lieb ist, lass es! Ich weiß nicht genau, was es da alles gibt. Wir nennen diesen Bereich die unbekannte Zone, weil sich niemand hintraut. Aber dort muss es Riesenviecher geben! Manchmal hören wir sie in den Kanälen rufen. Wenn sie so groß sind, wie sie klingen, dann ist eine Begegnung kein Spaß!“
„Hat noch niemand so ein Wesen gesehen?“, fragte Mark neugierig.
Die Ratte schüttelte den Kopf: „Jeder bleibt in seinem Teil der Stadt. Wir lassen sie in Ruhe, und sie lassen uns in Ruhe – bis jetzt.“

Schon an zwei seiner Lieblingsangelplätze hatten Mark und Seidenpfote vergeblich nach dem Rosenkohlpiraten Ausschau gehalten. Beide gefielen Mark, der es mittlerweile in der Welt unter der Stadt recht nett fand. Zuerst hatten sie eine Art Sandbank angesteuert, die mit kleinen Buchten geradezu zum Anlegen einlud. Dann besuchten sie etwas, das entfernt an ein Riff erinnerte. Dort waren Ziegel von der Tunneldecke heruntergestürzt und hatten mitten im Kanalbett eine zerklüftete Insel gebildet. Aber vom Piraten fehlte jede Spur.

„Er wird doch nicht wieder in die Nähe der Festung der Tomatenpiraten gefahren sein“, brummte Seidenpfote in ihre Barthaare.
„Kann man denn dort angeln?“, wunderte sich Mark.
Die Ratte wiegte im Schwimmen den Kopf hin und her. „Fische sind fast überall im Kanalsystem, wo das Wasser sauber genug ist“, erklärte sie. „Natürlich gibt es besonders viele Fische dort, wo kaum einer sich hintraut. Deshalb segelt der Rosenkohlpirat manchmal in die Nähe der Tomatenburg. Dort gibt es eine Art Straße am rechten Kanalufer von Kanal zwei. Man kann sein Schiff bequem vertäuen und recht gut angeln.“
„Und die Tomatenpiraten?“
„Das macht mir ja solche Sorgen. Die wohnen eben dort in der Nähe. Und sie angeln auch für ihr Leben gern. Fisch in Tomatensoße ist ihr Leibgericht“, seufzte die Ratte. Sie klang sehr besorgt. Mark spürte richtig, dass sie jetzt nicht mehr entspannt vor sich hinpaddelte, sondern

sehr zügig und gezielt schwamm. Nach der nächsten Abzweigung kam von Seidenpfote das Kommando: „Ab jetzt Ruhe bitte, und halte deinen Kopf unten!“ Die Ratte machte sich ganz flach im Wasser und zum ersten Mal wurden Marks Füße etwas nass. Am rechten Kanalufer tauchte aus dem Dunkel ein immer breiter werdender Weg auf. Dann plötzlich entdeckten sie ein Schiff. Am Bug stand in dunkelgrüner Farbe der Name *Brassica oleracea.* Das Boot des Rosenkohlpiraten lag dicht am Ufer vor Anker. Und direkt daneben lag ein zweites Schiff …

Für Mark war sofort klar, wem das Schiff gehörte, denn an seinem Heck prangte in tomatenroten Buchstaben der vielsagende Name *Ketchup.*

Ganz, ganz tief ließ Seidenpfote sich ins Wasser sinken und schwamm vorsichtig näher. Mark drückte sich sorgsam in ihren Pelz. Als sie nur noch ein kurzes Stück von den beiden Piratenschiffen entfernt waren, konnten Mark und Seidenpfote mehrere Stimmen hören. Sie klangen von Bord der *Ketchup* zu ihnen herüber.

„Na, du Rosenkohlfresser? Jetzt haben wir dich!“, freute sich die erste Stimme.

„Nur ab und zu einen Rosenkohl ins Wasser werfen, schon bückt er sich, der große Held, um auch nur ja alles herauszufischen“, höhnte die zweite.

Und die dritte Stimme sagte: „Hähä! Und dann kommt ein schlauer Tomatenpirat mit einer Keule, hähä. Es gibt was aufs Rosenkohlköpfchen, hähä, eine Kette an die Füße und schon haben wir einen feinen Küchensklaven,

der uns für alle Zeit Tomatensalat schnippelt! Hähähä!"
Vom Rosenkohlpiraten, von dem Mark ja schon allerhand Flüche gewohnt war, kam ein gewaltiger Schwall neuer Kraftausdrücke: „Faulige Miesmuschelbrut! Fußpilzzerfressene Kanalotter! Sandbank-Stinkmorchel! Tomaten machen blöd und hässlich! Unfähige Piraten-Lehrlingsanwärter ...!"
Einer der Tomatenpiraten versetzte mit seiner Keule dem Rosenkohlpiraten, der gefesselt wie eine Galionsfigur am Bugspriet der *Ketchup* hing, einen kräftigen Knuff. Daraufhin ging die Schimpfkanonade in ein herzzerreißendes Jammern über.

„So ein Mist! Und was jetzt?", flüsterte Mark ganz leise ins Ohr der Ratte.
Die hauchte: „Sie haben unserem Freund eine Falle gestellt. Verflixt! Ich bin zwar größer als die roten Trottel, aber die haben eine Kanone und damit können sie leider ziemlich gut umgehen. Ich traue mich nicht, einfach anzugreifen und sie in die Flucht zu schlagen!"
Mark überlegte fieberhaft. Er brauchte den Rosenkohlpiraten. Sonst gab es aus den Kanälen kein Zurück in seine Welt. Auch wünschte er es wirklich niemandem, ein Leben lang als Sklave gehalten zu werden und Tomaten schnippeln zu müssen. Eine List musste her! Aber wie sollte er, der neu in diesen Gewässern war, die Tomatenpiraten in die Flucht schlagen, wenn selbst die große Seidenpfote das nicht wagte? Wovor mochten die Roten wohl Angst haben?

Aber plötzlich war er da, der dringend benötigte Geistesblitz! Die Ratte hatte ihm doch gerade erst gesagt, wovor sich alle in diesem Teil der Kanäle fürchteten ...

„Vertrau mir! Für Erklärungen habe ich jetzt keine Zeit“, flüsterte Mark Seidenpfote schnell ins Ohr. Dann stellte er sich breitbeinig mitten auf den Rücken der Ratte. Er wedelte mit den Armen hin und her und rief: „Hallo, ihr roten Trottel! Seid ihr etwa die Tomatenpiraten? Lasst sofort euren Gefangenen frei, sonst werdet ihr es bitter bereuen!“

Die drei Tomatenpiraten fuhren herum und entdeckten Mark samt seinem Reittier. Nach dem ersten Schrecken sprang der Pirat mit der Keule zur Kanone am Bug und richtete sie auf Seidenpfote. Mark spürte, wie die Ratte vor Schreck unter ihm leise zu zittern begann.

Trotzdem rief er mit fester Stimme: „Packt euer Spielzeug weg, sonst mache ich aus der kleinen Ratte hier ein Monster, das von einem Ende des Kanals bis zum anderen reicht! Ich komme vom Chemiewerk – und ich habe etwas mitgebracht!“

Bei diesen Worten griff Mark in die Tasche: Dort hatte er noch die ganze Tüte mit Brausebonbons, die er zusammen mit dem gefrorenen Rosenkohl gekauft hatte. Die Tüte war in der Hose gewesen, die er für sein Abenteuer angezogen hatte und zusammen mit ihm kleingeworden. Drohend schwenkte er sie hin und her, sodass die Plastikverpackung laut raschelte.

Die Tomatenpiraten schauten verständnislos zu ihm herüber. „Eine Tüte? Willst du uns mit der Tüte bewerfen?

Da hab' ich aber Angst!", antwortete der Dickste von ihnen und stampfte vor Lachen mit dem Holzbein auf. „Du solltest auch Angst haben!", schrie Mark zurück. „Da ist Chemie drin, die macht aus meiner Ratte ein Riesenvieh. Ihr Lieblingsfutter sind dann solche Tomatenheinis wie ihr. Die Ratte sagt, sie mag das feine Gemüsearoma im Fleisch! Passt mal auf, das Zeug hier wirkt sofort!" Und damit streute Mark etwas von den Brausebonbons ins Wasser. Wo die Brause im Kanal versank, brodelte und blubberte es und das Wasser warf kleine Blasen. Dann hielt er Seidenpfote ein Bonbon direkt vor die Schnauze und rief: „Haut sofort ab und lasst euren Gefangenen, wo er ist! Sonst gebe ich der Ratte mein Wundermittel und lasse sie auf euch los! Die wird sofort ein Riesenmonster, wenn sie das Zeug schluckt! Und dann macht sie Hackfleisch aus euch und eurem Schiff."

„Äh – wie jetzt? Monster? Was soll'n das, Chef?", fragte einer der Tomatenpiraten seinen Kapitän mit dem Holzbein begriffsstutzig.
„Angriff? Rückzug? Feuern?", tönte es genauso dämlich von der Kanone an Bord der *Ketchup* herüber. Offensichtlich waren die beiden Matrosen unter den Tomatenpiraten nicht in der Lage, eine eigene Entscheidung zu fällen. Ihr Kapitän schien von Marks Drohung nicht allzu sehr beeindruckt. Mark war verzweifelt – weshalb hatten die Bonbons auch mit ihm so klein werden müssen? Besonders eindrucksvoll hatten die im Wasser wirklich nicht geschäumt.

I ♥ MAMI
Ketchup

In diesem Moment begann das Wasser hinter Seidenpfote ganz fürchterlich zu brodeln. Ein ätzender Geruch zog zur Tunneldecke. Das endlich brachte den Kapitän der Tomatenpiraten auf Trab!
„Giftgas! Nichts wie weg! Das ist wirklich das Zeug vom Chemiewerk!", schrie der Einbeinige und sprang zum Steuerrad der *Ketchup,* so schnell das mit seinem Holzbein ging. Der andere Tomatenpirat schlug mit einem Säbelhieb das Seil durch, mit dem der Rosenkohlpirat gefesselt war. Zum Glück plumste der kleine Mann weich in den feuchten Sand am Kanalufer. Der Tomatenpirat hielt sich verzweifelt die Nase zu und rang nach Atem. „Ich kriege keine Luft mehr ...", ächzte er. Blitzschnell hoben die Tomatenpiraten den Anker, ihr Segel blähte sich und zwei Minuten später waren sie hinter einem Vorsprung in der Kanalwand verschwunden.

„Quallenzahn und Wellenberg! Lass sofort Seidenpfote in Ruhe!", brüllte der Rosenkohlpirat mutig, obwohl er immer noch gefesselt war. „Du wirst sie mit deinem Chemiezeugs noch vergiften!"
Aber Mark lachte und winkte ab. „Beruhige dich! Deine Ratte und ich, wir sind gute Freunde." Dann steckte er sich das Brausebonbon, das er Seidenpfote vor die Schnauze gehalten hatte, selbst in den Mund. „Hier. Ganz ungefährlich."
„Ungefährlich? Das kannst du deiner haifischohrigen Großmutter erzählen!", wetterte der kleine Pirat weiter. „Ich habe doch gesehen, wie das Wasser gebrodelt hat!"

Mark hätte nie gedacht, dass eine Ratte rot werden kann, aber Seidenpfote wurde rot. Zumindest bekamen ihre Ohren und ihre Nasenspitze einen ganz rosigen Schimmer, als sie gestand: „Das Brodeln war ich. Es tut mir wahnsinnig leid! Aber seit ich nur noch Pflanzen fresse, ist manchmal meine Verdauung ein wenig durcheinander. Dann noch die Aufregung wegen der Tomatenpiraten. Und die aufsteigenden Bläschen von Marks Chemie haben mich am Bauch gekitzelt. Da musste ich eben wahnsinnig doll – na ja, ihr wisst schon – pupen."

Wenn der Rosenkohlpirat nicht noch halb gefesselt am Boden gelegen hätte, wäre er vor Lachen glatt umgekippt.

„Giftgas! Die roten Trottel glauben, das war Giftgas!", röchelte er immer wieder. „Das ist wirklich witzig!"

Mark war inzwischen an Land geklettert und löste die Fesseln des Rosenkohlpiraten. Neugierig wollte er wissen: „Wieso seid ihr eigentlich Feinde, die Tomatenpiraten und du?"

„Ahnungslos wie eine frisch geschlüpfte Austernlarve!", höhnte der kleine Mann. „Freibeuter brauchen das Abenteuer. Und die besten Abenteuer findet man, wenn man gute Feinde hat. Und weil die Tomatenpiraten die einzigen anderen Piraten außer mir in diesen Gewässern sind, führen wir eben Krieg gegeneinander! Aber diese roten Idioten sind mir so unterlegen ..."

„... dass sie dich gerade fast zu ihrem Küchensklaven gemacht hätten", unterbrach ihn Mark. Seidenpfote kicherte.

9. Kapitel: Wie man jemanden überredet

Der Pirat zwirbelte verlegen seinen Schnurrbart. Darauf fiel ihm so schnell keine Antwort ein.
„Was machen wir jetzt? Wann musst du mich wieder nach Hause bringen?“, fragte Mark den Rosenkohlpiraten.
„Muss auf die *Brassica* und nach dem Stundenglas sehen, vorher kann ich es dir nicht genau sagen“, knurrte der Kapitän und stapfte in Richtung seines kleinen Seglers. Man hörte ihn in der Kajüte rumoren. Dann trat er an die Reling und schrie: „Wenn ich dir sage, acht Glasen, verstehst du ja doch kein Wort, du süßwassergetaufte Landratte – wir haben noch reichlich Zeit. Du bist erst den vierten Tag hier und es wird gerade Abend. Auf den Schrecken muss ich erst mal was essen!“

„Abendessen? So spät schon?“, wunderte sich Seidenpfote. „Es tut mir leid, aber ich brauche meinen Schönheitsschlaf. Ich verlasse euch hier und kehre jetzt in meinen Bau zurück.“
Überschwänglich bedankte sich Mark bei der Ratte. Die Brausebonbons, die er ihr zum Dank schenken wollte, nahm Seidenpfote jedoch nicht an. „Ich habe gesehen, was die anrichten können! Und ich habe auch ohne solche Bonbons genug Probleme mit Blubbern im Bauch“, kicherte sie. „Aber wenn du mich einmal brauchen solltest, kannst du mit den Dingern eine Geschmacksspur ins Wasser legen. Dann suche und finde ich dich. Wir

Ratten sind bessere Spürhunde als jeder Polizeihund!“ Dann schwamm sie davon. Mark faltete die Tüte mit den restlichen Bonbons sorgsam mehrmals zusammen, damit die Brause nicht feucht werden konnte, bevor er sie in die Tasche steckte. Dann folgte er dem Rosenkohlpiraten unter Deck.

Mark briet an diesem Abend mit dem Rosenkohlpiraten dessen Fang in der Kombüse der *Brassica.* (Die Küche an Bord eines Schiffes heißt nämlich Kombüse.) Und Mark war froh, dass sein Gastgeber den Rosenkohl gar nicht teilen wollte, den es dazu gab. Anschließend gingen sie zu Bett. Unter Deck des kleinen Piratenschiffes gab es eigentlich nur die Kombüse mit einem Tisch und zwei schmalen Sitzbänken rechts und links davon. Darauf wurden rasch ein paar Kissen und Decken verteilt und schon wurde aus der Küche ein Schlafzimmer. An der Wand hing eine Art Eieruhr, ein Stundenglas, mit dem man an Bord eines Schiffes die Wachen einteilt, wie der Pirat erklärte. Er drehte das Stundenglas sorgsam um, sobald der Sand aus der oberen Hälfte ganz abgelaufen war.

„So einen Schnickschnack wie das Stundenglas brauche ich normalerweise nicht. Darauf kann ich genauso gut verzichten wie auf Dorschdurchfall und den Terminkalender zu meiner Zeit als Bankdirektor! Aber bis ich dich pünktlich wieder in deiner Küche abliefere, ist es besser, ich achte ein bisschen auf die Zeit“, meinte der kleine Mann, als er die Uhr wieder umdrehen musste.

Bevor ihm schließlich die Augen nach diesem aufregenden Tag zufielen, fragte Mark noch, ob sie nicht wegen der Tomatenpiraten Wache halten müssten. Aber der Rosenkohlpirat winkte nur müde ab: „Die roten Trottel sind solche Feiglinge! Kein Mumm in den Knochen und schlapp wie fauler, wasserflohverseuchter Seetang! Die glauben sicher, unser rattiger Wachhund wäre noch da."

„Was machen wir denn in der restlichen Zeit, die mir hier unten bleibt?", fragte Mark beim Frühstück mit Schiffszwieback am nächsten Morgen. Er hatte großartig in dem sanft schaukelnden Bett geschlafen.
Der Rosenkohlpirat schnaubte verdrossen: „Typisch Mensch von oben! Immer muss etwas gemacht werden. Die besten Abenteuer kommen von allein, weißt du das etwa nicht, du algenschleimiger Aal?"
Beleidigt drehte sich Mark zur Reling. So ein undankbarer Zwerg! Erst ließ er sich retten und jetzt schimpfte er zum Dank. Eine ungemütliche Pause trat ein.
„Na ja. Manchmal kann man das Abenteuer auch suchen", sagte der Pirat. Dabei klang er so freundlich, dass Mark fast den Verdacht hatte, das könnte seine Art sein, sich für die Rettung zu bedanken. Oder sich für seinen Ton zu entschuldigen. „Ich habe noch die Schatzkarte. Du hast versprochen, mit mir auf Schatzsuche zu gehen", warf Mark ein. Er griff in die hintere Hosentasche und zog das vielfach gefaltete Papier hervor.
Und schon war es wieder mit dem freundlichen Ton vorbei. „Neinneinneinneinnein und nochmals nein!", zeterte

der Pirat. „Du bist wohl vom wilden Walross gebissen?"
„Wieso?", fragte Mark verwundert.
„Gibt es den Schatz etwa nicht?"
„Doch, doch", nickte der Pirat. Dann senkte er seine Stimme zu einem unheilvollen Flüstern. „Hat dir Seidenpfote etwa nicht gesagt, in welche Kanäle du auf keinen Fall schwimmen oder segeln darfst? Der Schatz wird nur zu finden sein, wenn du in die unbekannte Zone reist – und niemand weiß, was einen da erwartet!"

Mark hatte sich von einer riesigen Fledermaus nicht versenken lassen. Eine gewaltige Ratte war seine Freundin geworden. Und er hatte mit einer List und einem Pups von Seidenpfote die Tomatenpiraten in die Flucht geschlagen. So langsam kam er auf den Geschmack, was Abenteuer anging. Jetzt wollte er auch nach dem Schatz suchen! Deshalb fragte er weiter: „Du hast gesagt, du hättest die Karte als Flaschenpost im Wasser treibend gefunden. Woher willst du denn wissen, ob es den Schatz wirklich gibt? Die Flaschenpost kann doch irgendein Spinner gebastelt haben, nur, um sich wichtig zu machen."
„Unverschämtes Landeier-Gegackere! Hier unten lebt es sich so herrlich, weil es nicht so viele bekloppte Spinner

gibt, wie in deiner Welt oben!", tobte der Rosenkohlpirat sofort los. Aber als Mark ihn vor Wut bei diesen Worten am Steuerrad seines Schiffes auf- und abspringen sah, hatte er seine Zweifel, was das anging. „Es ist so", fuhr der Pirat fort, nachdem er sich einigermaßen beruhigt hatte, „früher soll es noch ein Freibeuterschiff hier unten gegeben haben."

„Früher? Wann denn?"

„Auf jeden Fall bevor ich hier unten gelandet bin, bei allen Quallen und tollen Schollen. Es soll ein stolzer Segler gewesen sein mit einer tapferen Mannschaft. Man sagt, die seien damals sogar in der unbekannten Zone Richtung Chemiewerk unterwegs gewesen. Aber du musst wissen", erklärte der Rosenkohlpirat weiter, „das ist früher, also zur Zeit der damaligen Piraten, gar keine gefährliche Zone gewesen. Das Chemiewerk ist nämlich noch nicht so alt. Und erst seit es die gefährlichen Abwässer dort gibt, segelt keiner mehr hin. Wenn ich die Karte nicht ganz und gar missverstanden habe, dann liegt der Schatz mitten in dem Bereich, den wir heute die unbekannte Zone nennen. Der Kapitän dieses alten Schiffes war in der Welt über den Kanälen angeblich Juwelier. Hat sich sein ganzes Leben lang mit winzigen Dingen beschäftigt – ein bisschen Gold, ein bisschen Platin, ein paar Diamantsteinchen. Und so ist er schließlich in unserer Welt der kleinen Dinge gelandet. Es heißt, er habe einen Teil seines Reichtums mitgebracht."

Mark holte tief Luft. Vor Aufregung hatte er fast vergessen zu atmen. Eigentlich hatte er gedacht, hinter der

Geschichte mit der Schatzkarte steckte die übliche Großmäuligkeit des Rosenkohlpiraten. Aber das klang jetzt alles ganz anders. Spannend und nach echtem Abenteuer, und wirklich nach einem Schatz! „Ja, wie ist denn nun das Schatzschiff in der unbekannten Zone gelandet? Und wieso gibt es eine Karte davon, wenn niemand hinfährt?“, wollte er wissen.

Der Pirat bewegte eine Hand vage auf und ab. „Gerüchte. Alles Gerüchte. Die wachsen im Dunkel hier unten noch schneller als oben im Licht, Fledermauskacke und Kakerlakendreck nochmal! Nachdem ich die Schatzkarte in der Flaschenpost gefunden hatte, habe ich begonnen, mich umzuhören. Vorsichtig, versteht sich, denn es geht schließlich um einen Schatz! Im Gegensatz zu den roten Vollidioten, die dümmer sind als dumpfbackige Dorsche, denke ich nach, bevor ich handle. Unter den Ratten gibt es ein paar ziemlich alte Tiere, die erinnern sich noch an uralte Geschichten aus der Zeit, als das Schatzschiff die Kanäle befahren hat. Und die haben mir erzählt, dass es eines Tages verschwunden sein soll. Zuletzt hat man das Schiff angeblich in den Kanälen gesehen, die heute zur unbekannten Zone gehören. Und bald nachdem es verschwunden war, wurde das Chemiewerk gebaut. Deshalb traute sich niemand, nach dem Schatzschiff zu suchen.“

„Ja aber, wer hat denn dann die Flaschenpost abgeschickt?“, wunderte sich Mark.

„Wahrscheinlich die Besatzung des Schatzschiffes. Ich nehme an, die hat Schiffbruch erlitten und saß irgendwo fest. Das kann dem besten Segler passieren – zum Beispiel nach einem Gewitterregen, bei Neptuns algenverfilztem Bart! Und damit jemand sie retten kommt, haben sie die Flaschenpost geschickt. Der Schatz sollte vielleicht ein Anreiz sein, sie nicht einfach auf irgendeiner Sandbank verschimmeln zu lassen. Dann aber kam das Chemiewerk. Die Monster zogen in die Kanäle ein. Die unbekannte Zone entstand. Und niemand mit einigermaßen gesundem Verstand fuhr mehr dorthin – oder kam von dort zurück …", erklärte der Rosenkohlpirat.

„Das Abenteuer muss man suchen", schoss es Mark durch den Kopf. Oben in der Welt war er eigentlich ziemlich vernünftig. Irgendwelche blöden Mutproben, das war nichts für ihn. Aber hier unten? Es war schon ziemlich irrwitzig, überhaupt in die kleine Welt der Kanäle zu reisen. Er war jetzt so klein, dass er das Gefühl hatte, unbeschadet zwischen zwei Unglücken hindurchschlüpfen zu können. Also? Warum nicht einmal etwas wagen? Deshalb fragte Mark: „Haben wir denn, bevor ich zurück muss, noch genug Zeit, um nach dem Schatz zu suchen? Du hast es versprochen!"
Widerwillig nickte der Pirat, fügte aber gleich hinzu: „Aber da müsste ich ja Tintenfischtinte getrunken haben, um auf so eine bescheuerte Idee zu kommen! Als ich das versprochen habe, war ich sicher, dass du nicht mal den Weg nach hier unten schaffen würdest!"
Mark grinste. Er wusste, wie er den Piraten ganz leicht dazu bekommen würde, auf Schatzsuche zu gehen. Nur ein paar Worte würden nötig sein. Mit einem ganz leich-

ten Lächeln sagte Mark deshalb zuckersüß: „Die roten Trottel von der *Ketchup* haben sich ja wohl bisher auch nicht getraut, nach dem Schatz zu suchen ...“
Wie gestochen sprang der Pirat Richtung Reling und löste die Bugleine seines Seglers. „Ich, ein Feigling? Willst du das etwa andeuten? Mich mit den Tomatentrotteln vergleichen? Niemals! Aber sag nachher nicht, ich hätte dich nicht gewarnt! Ein Kinderspiel wird das nicht, du ahnungsloses Albatrosküken!“
Sanft schwang der Bug des Schiffes herum, die Segel füllten sich mit dem Windhauch, der unablässig durch die Kanäle zog – und die Schatzsuche begann.

„Nur damit du Bescheid weißt – als Erstes müssen wir an den Teufelsinseln vorbei“, erklärte der Rosenkohlpirat. „Vielleicht gehören wir auch bald zu denen, die dort spurlos verschwinden. Für die Reise dorthin brauchen wir ziemlich lang. Auf der Strecke müssen wir um diese Zeit gegen den Ebbstrom fahren. Da muss uns mein Rosenkohlmotor durchbringen, und der ist nun mal kein Düsentriebwerk. Heute Abend übernachten wir auf dem Flugplatz. Der liegt fast auf dem Weg. Und dort bekomme ich vor allem vielleicht wichtige Informationen, die wir brauchen, um morgen heil an den Teufelsinseln vorbeizukommen.“
Mark spürte ein Kribbeln in der Magengegend. Er war aufgeregt. Was würde nun wohl geschehen? Würden sie wirklich einen Schatz finden? Der Rosenkohlpirat war ein toller Seemann, aber was wäre wohl passiert, wenn

Mark ihn nicht aus der Pfütze gefischt hätte? Gab es hier unten Wesen, die ebenso gefährlich waren wie die Katze? Bestimmt! Und wieder fühlte sich Mark hin- und hergerissen zwischen seiner Lust auf Abenteuer und seiner Angst davor, dass Abenteuer auch lebensgefährlich sein können.

Den ganzen Tag hetzte der Kapitän der *Brassica oleracea* seinen Schiffsjungen über das Deck: hier schrubben, dort polieren, da eine Leine lockern, drüben ein paar Beschläge auf Hochglanz bringen. Mark kam nicht zur Ruhe. Der kleine Pirat war dabei bissig und wortkarg. Mark fragte ihn mindestens zehnmal, aber der Rosenkohlpirat hatte offensichtlich keine wirkliche Lust, ihm zu erklären, was es mit einem Flugplatz unter der Erde auf sich hatte.

Das bekam Mark erst am Abend seines fünften Tages in den Kanälen zu sehen: Nach einer eher ereignislosen, aber für ihn arbeitsreichen Fahrt durch Kanal sechs sah er plötzlich vor sich auf der Uferbefestigung Lichter schimmern.

Das Schiff legte auf Höhe der Lichter an und der Rosenkohlpirat sprang ans Ufer. Kanal sechs hatte ebenfalls eine Art Seitenstreifen oder Fensterbank: Oberhalb des Wassers zog sich ein schmaler Vorsprung an seinem linken Ufer entlang. Darauf gab es etwas, das aussah wie eine Start- oder Landebahn. Außerdem standen dort mehrere niedrige Gebäude, die Mark irgendwie an Pferdeboxen mit geöffneten Halbtüren erinnerten. Aus dem Dunkel der Boxen, in denen bestimmt keine Pferde waren, glitzerte es unheimlich.

Ein lautes Gebimmel riss Mark aus seinen Gedanken: Der Rosenkohlpirat zog wie wild an einer kleinen Glocke, die am Anlegeplatz angebracht war.

„Wie oft soll ich das noch sagen? Keine Nachtflüge!“, schimpfte sofort eine Stimme los. Sie ertönte aus einem Gebäude neben den Boxen, über dem ein Schild mit der Aufschrift „Kasino“ hing.

10. Kapitel: Der Flugplatz

„Hallo Captain! Ich bin's, der Rosenkohlpirat. Ich will nicht fliegen, nur über Nacht vor deinem Anleger ankern."

„Ah! Hallo Kapitän!", antwortete ein Mann, der nur ein klein wenig größer als der Freibeuter war. Er wirkte freudig überrascht und kam in einer Pilotenuniform aus dem Kasino gelaufen. „Ist mir eine Ehre", rief er und schüttelte dem Rosenkohlpiraten die Hand.

Mark wurde als Schiffsjunge vorgestellt, und der Flugkapitän bat ihn und den Piraten ins Kasino. Das Kasino entpuppte sich als gemütliche kleine Flughafengaststätte. Dort angekommen platzte Mark heraus: „Ich wusste gar nicht, dass unter der Stadt ein Flugplatz ist. Was gibt es denn hier unten für Flugzeuge?"

Der Captain lachte: „Das wüsstest du wohl gern! Ich mache uns etwas zum Abendessen und du kannst in der Zwischenzeit einmal in die Ställe schauen. Dann findest du es selbst heraus."

Das ließ sich Mark nicht zweimal sagen und lief los – aber je näher er den Ställen kam, desto langsamer wurde er. Was mochten das jetzt wieder für merkwürdige Geschöpfe sein? Das unheimliche Glimmen, das er vom Boot aus den Boxen gesehen hatte, jagte ihm jetzt noch einen Schauer über den Rücken.

Aber dann fasste er sich ein Herz. Er konnte doch nicht zu den beiden Kapitänen ins Kasino zurückkehren ohne zu wissen, was es hier zu sehen gab! Also schluckte Mark

einmal kräftig, so, als könnte er seine Bedenken einfach hinunterwürgen. Mutig trat er an die erste Boxentür heran. „Hallo? Ist da wer?“, fragte er so energisch ins Dunkel, wie er konnte.
„Prrrr“, machte es, etwa so, als würde jemand sehr schnell ein Buch durchblättern. Mark verspürte einen Luftzug. Und dann sah er direkt in Tausende von Augen!
Ein riesiger Nachtfalter, dreimal so groß wie er selbst, schaute ihn aus der Box heraus an. Das „Prrrr“ und der Luftzug waren dadurch zustande gekommen, dass der Nachtschmetterling rasend schnell mit den Flügeln schlug, um sich zu Mark umzudrehen. Die Augen des Falters bestanden jeweils aus weit über tausend einzelnen, winzigen Äuglein. Am ehesten waren sie mit stecknadelkopfgroßen Weihnachtsbaumkugeln in Dunkelrot zu vergleichen. Eben diese Augen hatten so unheimlich aus dem Dunkel geleuchtet.
Die Stimme des Falters pfiff und klickte, aber auch ihn konnte Mark einigermaßen gut verstehen, als er sagte: „Ich bin ein Delta-Jet der Kanalflugstaffel. Ausgebildet als Personen-, Last- und Rettungsflugzeug.“
Mark klapperte vor Staunen mit den Augendeckeln. Was es nicht alles gab!
„Was für eine Art Schmetterling bist du denn? Bist du so groß, weil du in einem Chemiekanal gelandet bist?“, erkundigte er sich.
Der Falter klickte zweimal. „Nein. Ich bin ein ganz normaler Nachtfalter, aber eben mit besonderer Ausbildung. Oben in der Welt heißt einer wie ich Rotes Ordensband.

Man sagt, wir Ordensbänder gelten sogar oben über der Erde als ziemlich groß."
Mark bedankte sich für die Auskunft und ging zur nächsten Box. Er lernte noch fünf weitere Mitglieder der Kanalflugstaffel kennen: zwei sogenannte Eulen, ein Widderchen, eine Mehlmotte, die als Spionageflugzeug diente, weil sie so unauffällig war, und sogar eine Kleidermotte! Von ihr erfuhr Mark, dass die Tomatenpiraten nicht nur beim Rosenkohlpiraten unbeliebt waren, sondern auch bei anderen Kanalbewohnern. Die Kleidermotte sorgte auf Befehl des Captains regelmäßig dafür, dass die Tomatenpiraten ausgesprochen zerlumpt herumliefen.

Als Mark ins Kasino zurückkehrte, schwirrte ihm der Kopf. Obwohl er sich sehr unhöflich vorkam, stellte er dem Flugkapitän beim Essen eine Menge Fragen, vor allem, wie er auf die Idee gekommen wäre, in der Kanalwelt eine Flugstaffel aufzubauen.
„Nichts einfacher als das", gab der Flughafenchef bereitwillig Auskunft. „Fliegen ist mein Traum. Und oben in der Welt darf ich nicht fliegen, weil meine Augen zu schlecht sind. Keine Fluggesellschaft der Welt beschäftigt Piloten mit einer so starken Brille, wie ich sie brauche. Um mir meinen Traum zu erfüllen, musste ich mich nur ein wenig schrumpfen lassen. So bin ich unten in der Welt der Kanäle gelandet. Meine Flugstaffel hier ist einmalig. Und mit ihren zweitausend Augen halten die Falter wirklich gut Ausschau – wen stört es da, wenn ich eine dicke Brille trage?"

„Ausschau halten ist mein Stichwort“, unterbrach ihn der Rosenkohlpirat. „Wir wollen auf Schatzsuche gehen, mein Schiffsjunge und ich. Was kannst du mir über die Teufelsinseln sagen? Hast du je einen deiner Aufklärer dorthin geschickt? Du bist der Einzige hier unten, der mir vielleicht Auskunft geben könnte, bei allen trotteligen Tritonen und lispelnden Sirenen! Und wir sind extra hergekommen, um dich auszuquetschen. Auf dem Wasserweg ist ja noch nie jemand zurückgekehrt, der den Teufelsinseln nahe gekommen ist. Da habe ich mir gedacht, dass du es vielleicht auf dem Luftweg schon bis dorthin geschafft hast. Bevor ich in die Gewässer um die Inseln segle, möchte ich so viel darüber erfahren wie möglich. Will ja nicht wie ein frisch gekeimtes Seeanemonenpflänzchen in eine Falle tappen, wenn es sich vermeiden lässt. Ich dachte, du und deine Kanalflugstaffel, ihr könntet etwas wissen, das uns hilft.“
Bedauernd schüttelte der Flugkapitän langsam den Kopf. „Tut mir wirklich leid. Ich weiß nur, was alle wissen, nämlich die üblichen Gerüchte. Das heißt, ich weiß, dass bei den Teufelsinseln immer wieder Menschen und Tiere einfach verschwinden. Aber ich habe bisher meine Aufklärer nicht einmal in die Nähe der Inseln geschickt. Ich selbst habe mich nicht wirklich weit in Richtung der verfluchten Inseln vorgewagt. Und ich werde es auch nicht tun. Viel zu gefährlich“, erklärte er. „Schon von weitem kündigen sich schwere Luftwirbel an, die wahrscheinlich in der Nähe der Inseln so gewaltig sind, dass die Falter abstürzen könnten. Das Geheimnis der Teufelsinseln

wird wohl ein Geheimnis bleiben. Und ich kenne niemanden, der auch nur in ihre Nähe gesegelt, geschweige denn an den Inseln vorbeigefahren ist."

„Schade, dass du nicht genauer Bescheid weißt. Das hätte uns helfen können. Aber bei Neptuns schuppenbekleckertem Bart, wir werden morgen an den Teufelsinseln vorbeisegeln!", schwor der Rosenkohlpirat.

„Lass doch den Quatsch! Weshalb willst du denn unbedingt dorthin?", flehte der Flugkapitän.

Der Rosenkohlpirat gab sich einen Ruck. Er raunte dem Captain so leise, als säße gleich am Nebentisch ein Spion, zu: „Dir kann ich vertrauen, bei Knurrhahnkacke und Kabeljaukotze. Dir geht die Fliegerei über alles. Geld und Gold haben für dich keinen Reiz. Deshalb kannst du es ruhig wissen. Mein Schiffsjunge und ich, wir haben eine Schatzkarte und wollen den Schatz suchen. Und wir werden ihn finden, so sicher wie muffelmiefender Miesmuschelmist stinkt!

Aber die Karte ist sehr alt. Sie hat ein paar große Löcher und entstand vor der Zeit des Chemiewerkes. Die unbekannte Zone gab es damals, als das Kartenblatt gezeichnet wurde, noch nicht so wie heute. Früher wäre der Weg zum Schatz sehr einfach gewesen. Heute vermeiden wir es, die unbekannten Kanäle zu befahren. Die Monster – du weißt schon! Der einzige Weg zum Schatzschiff, den ich auf der Karte sehe, führt an den Teufelsinseln vorbei, wenn man nicht endlos durch die unbekannte Zone schippern will. Und bei allen Klabauterläusen, ich weiß, dass ich ein verdammt guter Seemann bin. Aber ich weiß nicht, was ich als Monsterjäger tauge. Also fahren wir zu den Teufelsinseln und nur einen möglichst kurzen Weg durch die unbekannte Zone!“

In Marks Bauch begann es wieder zu kribbeln. Abenteuer konnte man wirklich im Bauch fühlen: Wie Ameisen wanderten sie scheinbar dort hin und her. Und dadurch, dass der Rosenkohlpirat und der Flugkapitän den ganzen Abend über der Schatzkarte brüteten, wurde es nicht besser. Denn am Ende stand fest: Entweder man musste einen langen Weg quer durch die unbekannte Zone nehmen und würde wahrscheinlich riesigen Monstern begegnen – oder man fuhr irgendwie an den Teufelsinseln vorbei und nur eine kurze Strecke durch die unbekannte Zone, um zum Schatzschiff zu kommen.

Das Schlafen fiel Mark in dieser Nacht wirklich schwer. Immer wieder schreckte er hoch: Mal hatte er geträumt, dass die Tomatenpiraten den Flughafen angriffen, mal schien die Fledermaus vom Wasserfall wieder über seinen Kopf hinwegzuziehen. Dann wieder glaubte er, dunkle, gewaltige Schatten zu sehen, die brüllten: „Du glaubst, du hast keine Angst vor Monstern? Oh doch! Du hast Angst!“

Mark war froh, als er endlich aus diesen wirren Träumen hochfuhr und sah, dass der Rosenkohlpirat sein Bettzeug verstaute. Demnach war es Zeit zum Aufstehen.

Nachdem der Flugkapitän die beiden Schatzsucher auch zum Frühstück eingeladen hatte, schlug er Mark auf die

Schulter und fragte: „Wie wäre es mit einem kleinen Rundflug zum Wachwerden?"
Das hatte sich Mark seit dem Vorabend heimlich gewünscht. Der Rosenkohlpirat brummelte und grummelte, für solchen Prinzessinnen-Schnickschnack sei keine Zeit, bei Höllentaifun und Teufelsmonsun. Doch bald darauf stand Mark neben dem Roten Ordensband, das am Beginn der Startbahn ruhig wartete. Der Flugkapitän hatte eine Leiter an den Brustpanzer des Schmetterlings gelegt und forderte Mark auf hinaufzuklettern. Mit bebenden Knien stieg Mark hoch.
„Und jetzt?", fragte er ziemlich hilflos von der obersten Leitersprosse.
„Aufsteigen. In den Griffen festen Halt verschaffen und nicht mehr loslassen, bis du wieder gelandet bist!", befahl der Flugkapitän.
„Ja fliegen Sie denn nicht mit?", fragte Mark erschrocken.
Der Captain schüttelte lachend den Kopf und schrie noch einmal: „Festhalten!"
Mark kletterte unbeholfen auf den Rücken des Falters.

Dort wuchs ein überraschend dichter Pelz. Mehrere Haarbüschel waren zu zwei großen Schlaufen verzwirbelt – das mussten die Griffe sein, von denen der Captain gesprochen hatte. Mark packte die zwei Schlaufen und klammerte sich daran fest.

Dann ging alles rasend schnell. Der Captain wedelte mit zwei gelben Kellen herum. Mark hatte solche Dinger schon einmal auf dem Flugplatz gesehen, wenn Bodenpersonal Flugzeugen ihre Parkposition anwies.

Dann hörte er noch, wie der Captain dem Falter zurief: „Die kleine Runde. Und keine Loopings!"

Und plötzlich war Mark in der Luft. Es rauschte und fauchte in seinen Ohren. Blitzschnell glitten die Tunnelwände an ihm vorbei. Sein Delta-Jet-Falter legte sich in Kurven, stieg steil nach oben, bis Mark aus Angst vor der Tunneldecke den Kopf einzog. Kurz darauf ließ sich der Falter wie ein Stein in die Tiefe fallen. Wenn die Angst einmal überwunden war, fühlte es sich großartig an! Viel zu früh landete das Rote Ordensband erstaunlich sanft wieder auf dem Flugplatz.
Mark bedankte sich bei seinem lebendigen Flugzeug und auch beim Flugkapitän. Ein tolles Erlebnis! Dann ging es wieder an Bord der *Brassica* – und auf die Fahrt zu den Teufelsinseln.

11. Kapitel: Jenseits der Teufelsinseln

Das „Ich hoffe sehr, wir sehen uns bald wieder!“, mit dem der Captain sich vom Rosenkohlpiraten verabschiedet hatte, klang nicht wirklich zuversichtlich.
Mit ruhiger Hand führte der kleine Pirat sein Schiff. Mark starrte ins Zwielicht des Tunnels. Dieses Mal würde er sich nicht von einer Fledermaus überraschen lassen. Lange Zeit geschah rein gar nichts, und die Fahrt verlief völlig ruhig. Irgendwann wurde Mark bewusst, dass er ein stetiges Rauschen hörte. Es wurde schnell lauter.
„Teufelsinseln voraus!“, rief der Rosenkohlpirat und hatte bereits Mühe, das Getöse des Wassers zu übertönen. Das Schiff glitt an der ersten von mehreren flachen Inseln vorbei: Das mussten die Teufelsinseln sein!
Mark überlief es trotz der Wärme in dem breiten Tunnel eiskalt. „Habe ich das wirklich gewollt?“, fragte er sich. Und dann sah er urplötzlich, was den Lärm verursachte, was wahrscheinlich dafür verantwortlich war, dass bei den Teufelsinseln schon so mancher verschwunden war: Ein großer Strudel gurgelte gleich hinter der letzten Insel im Kanal. In der Mitte dieses Strudels stürzte das Wasser scheinbar ins Bodenlose – vielleicht gab es einen weiteren Kanal unter dem, in dem sie gerade fuhren, und das Wasser strömte dorthin? Nicht das gesamte Wasser des Kanals verschwand im Strudel, aber doch eine Menge! Wie sollte die *Brassica oleracea* an diesem Höllenschlund, der alles ansaugte, bloß heil vorbeikommen?

„Los, Landei! Hilf mir! Jetzt geht's ums Ganze, bei Neptuns neunzackigem Fischspeer!", hörte Mark den Piraten durch das Getöse rufen. Mit aller Macht stemmte sich der kleine Mann in die Speichen seines Steuerrades. Mark erkannte, dass der Sog des Strudels das Schiff bereits erfasst hatte und unausweichlich anzog. Er sprang zum Steuerrad und griff mit zu. Obwohl er vor Anstrengung sofort zu schwitzen begann, hatte er das Gefühl, als hätte er plötzlich anstelle von Ameisen einen Eisklumpen im Magen. Jetzt war Mark alle Abenteuerlust vergangen – er hatte Angst! Würden sie aus diesem schrecklichen Strudel wieder freikommen? Das war doch aussichtslos, oder? Würde er einfach mitsamt dem Rosenkohlpiraten und seinem Schiff aus der Welt der Kanäle verschwinden, wie viele andere vor ihnen?
Mark tropfte der Schweiß von der Stirn. In seinem Kopf begann es zu sausen, als das Schiff immer engere Kreise abwärts zog. Schon lag das Boot ganz schräg im Wasser des Strudels und Mark warf einen Blick in die schwarzgähnende Tiefe!
Dieser Anblick verlieh ihm zusätzliche Kräfte. Ganz, ganz dicht neben der Angst, die ihn erfüllte, spürte er plötzlich auch eine unglaubliche Wut. „Nein! Neiheihein!", schrie er hinunter in das Dunkel. In diese Hölle hinab wollte er nicht! Mark knirschte mit den Zähnen, als er noch fester zupackte – dieser verdammte Miststrudel, dieses blöde Loch im Wasser sollte ihn nicht fressen! Zu blöd, dass er das Deck der *Brassica* so blank gescheuert hatte – die Füße fanden nur schlecht Halt, wenn man sich gegen

den Druck des Steuers stemmte und rutschten weg. Marks Wut wurde riesig, wurde mit jeder Runde, die das Schiff drehte, größer als seine Angst. Und diese Riesenwut machte es ihm möglich, noch fester zuzupacken.
Unter äußerster Kraftanstrengung ließ sich die *Brassica* auf ihrem Weg abwärts abfangen, sodass sie nicht noch tiefer in den Strudel geriet. Dabei konnten die vier Hände das Steuerruder zuerst nur in seiner Position halten. Dann packte eine Hand des Piraten blitzschnell die nächste Speiche des Rades. Der kleine Mann nickte Mark ermutigend zu – zum Sprechen war er zu sehr außer Atem, und es war auch viel zu laut. Mark verstand und fasste ebenfalls mit einer Hand neu zu und zog mit aller Macht, um den Kurs gegen die mächtige Kraft des Sogs zu ändern.
Der Schweiß brannte Mark in den Augen. Zornig schüttelte er den Kopf, sodass die Schweißtropfen in alle Richtungen davonflogen – er konnte doch jetzt das Steuerrad nicht loslassen, um sich die Augen zu wischen!
Dann, Zentimeter für Zentimeter, stieg die *Brassica* wieder empor, kämpfte sich in der Wasserwand im Strudel höher. Der Rosenkohlpirat schaute für den Bruchteil einer Sekunde erstaunt zu Mark hinüber, der „Ja! Jaaaa!" brüllte, als ihm klarwurde, dass die Fahrt tatsächlich aufwärts ging.
Es schien eine Ewigkeit zu dauern, aber schließlich spuckte der rasende Strudel das Schiff regelrecht in den Kanal jenseits des Sogs und der Teufelsinseln aus.

Erschöpft atmeten Mark und der Rosenkohlpirat auf. „Muss dich wohl vom Schiffsjungen zum Leichtmatrosen befördern, du bibberbeinige Blindschleiche“, schnaufte der Pirat.

Mark waren nach dem Kraftakt die Knie butterweich geworden und er hatte sich einfach auf das Deck plumpsen lassen. Er grinste stolz. Wenn man die Angst überwunden hatte, fühlte man sich wie ein Held. Ein ganz wunderbares Gefühl, wie er gerade entdeckte. Und so langsam begann Mark zu verstehen, warum Piraten das Abenteuer und den Kampf suchten: Sie taten es, weil es ihnen hin und wieder das Gefühl gab, Helden zu sein. Weil sie so hin und wieder ihre Angst besiegten. Und das tat gut. Egal wie klein er hier unten war – als Held fühlte er sich riesig!

„Wie geht es weiter?“, fragte Mark neugierig, nachdem er wieder zu Atem gekommen war.

„Neuland“, erwiderte der Pirat knapp. „Ab hier sind wir Entdecker, bei Tintenfischgrütze und Walfischpocken. An den Teufelsinseln ist auf dieser Route noch niemand vorbeigesegelt, soweit ich weiß. Die Karte haben wir zwar, aber da ist ein ziemlich großes Loch in dem Bereich, den wir jetzt durchfahren. Genaue Angaben fehlen. Jedenfalls geht es wohl Richtung Schatz, das zeigt mir mein Kompass. Soweit scheint alles in Ordnung. Aber wir kommen langsam in den Bereich des Chemiewerks. Ich habe den Weg an den Teufelsinseln vorbei gewählt, weil auf dieser Route die Strecke bis zum Schatzschiff durch

die unbekannte Zone am kürzesten ist. Mir ist ein Strudel lieber als ein Monster – schließlich bin ich Seemann, bei allen neunschwänzigen Meerkatzen! Schnüffel mal! Man riecht das Chemiewerk schon. Stinkt wie das Parfüm von Poseidons toter Uroma! Von nun an ist alles möglich. Wir kennen nur die Geräusche, die durch die Kanäle hallen. Wenn man die hört, vergeht einem jede Neugier!"

Und als müsste es so sein, schallte plötzlich ein schauerlicher Laut durch das Kanalgewölbe! Weil der Kanal hier sehr breit war, hallte der Ton auch noch kräftig nach. Das klang wie ein Trompetenorchester, das mit einer Orgel gekreuzt war! Der Laut schwoll heulend an und ab. Dann, als Mark gerade sicher war, er könne das Getöse keinen einzigen Augenblick länger aushalten, entfernte sich der Klang und endete einige Zeit später in einem sanften Säuseln. Verzweifelt blickte er den Piraten an.

Der zuckte die Schultern: „Zurück können wir nicht. Zweimal fahre ich nicht durch diesen Strudel, bei allen schleimbeuteligen Seeschnecken! Zeig mir noch einmal die Karte."

Mark zog den Plan aus der Hosentasche und legte ihn einfach auf das Deck. Der Rosenkohlpirat band das Steuerrad mit einem Tauende fest. Dann hockte er sich neben seinen frischgebackenen Leichtmatrosen und fuhr wild mit dem Finger auf der Karte hin und her, während er leise vor sich hin murmelte: „Also – erst einmal genau orientieren." Der Zeigefinger des Rosenkohlpiraten kreiselte über dem Papier. „Ein Seemann, der nicht weiß, wo er ist, kann gleich die Segel streichen. Wo sind wir?" Der Pirat stach fast ein Loch in die Karte mit seinem Finger. „Da haben wir's! Hier sind die Teufelsinseln, dort Hauptkanal zwei, da wohnen die roten Trottel. Da drüben ist der Flugplatz, da können wir den Strudel einzeichnen. Wir sind jetzt ungefähr an dieser Stelle. Der Schatz befindet sich angeblich dort. Da liegt in etwa das Chemiewerk – und hier überall" Die Hand des Rosenkohlpiraten wedelte über der Karte hin und her. „kennt sich keiner von unserer Seite der Kanäle aus. Aber es muss wegen der Gerüche und der Strömungen weitere Zugänge in unser Kanalnetz geben. Also, als Nächstes fahren wir einfach weiter auf diesem Kanal. Die Richtung stimmt, dieser Weg müsste uns zum Ziel führen, einen anderen sehe ich nicht. Und egal, was da gerade gedudelt hat, wir holen uns den Schatz, bei allen kakerlakenfressenden Klabautern!"

Mark nickte zaghaft. Mit dem merkwürdigen Getöse schien es zu sein wie mit dem Strudel: Wenn man zum Schatz wollte, gab es da scheinbar kein Drumherum.
Das Schiff fuhr wieder ganz ruhig. Der Schatz sollte sich auf einer Art Sandbank befinden, wenn man der Karte glauben konnte. Deshalb spähte Mark angestrengt an der Kajüte vorbei nach vorn, um danach Ausschau zu halten. „Fleder von hinten!", schrie da der Rosenkohlpirat und Mark warf sich sofort flach auf den Bauch! Diesmal trudelte das Schiff nicht ganz so stark im Luftzug, wie bei der ersten Fledermaus – aber dann ...

Dann brach ein wahrer Höllenlärm los: Tröten! Heulen! Pfeifen! Orgeln! Was immer dieses Getöse verursachte, es war regelrecht um sie herum! Mark linste aus seiner Lage am Boden zum Rosenkohlpiraten hinüber. Der kauerte neben der Kajüte, hielt sich mit beiden Knien die Ohren zu und mit den Händen die Augen – er wollte das Ungeheuer offenbar nicht sehen, das diese schrecklichen Töne erzeugte.

12. Kapitel: Der Schatz

Auch die größte Angst lässt sich nicht ewig aushalten – das wurde Mark wenig später bewusst. Was immer ihm von diesem Heulen drohte: Er wollte, er musste wissen, woher es kam! Zitternd hob er den Kopf. Durch die Strömung im Kanal war die *Brassica* mittlerweile so weit gefahren, dass das Monster jetzt schon von rechts und links auf Mark einbrüllte. Es schien überall zu sein. War das Piratenschiff etwa auf dem Weg mitten in den Rachen des Ungeheuers?

Mark blinzelte. Kein Monster zu sehen. Kein aufgerissenes, riesiges, zähnestarrendes Maul über dem Schiff.

Mark sprang auf. Die Zeigefinger hatte er so tief in die Ohren gesteckt wie nur möglich. Woher kam das ohrenbetäubende Geheul? Es dröhnte scheinbar wirklich rundherum, aber es schien ihm jetzt schon nicht mehr ganz so laut. Sein Blick huschte angestrengt hin und her – und da entdeckte er es: An den Tunnelwänden bewegte sich etwas!

Es sah aus, als wären an der gesamten Wand von oben bis unten lauter Trichter festgewachsen. Sie waren nicht wirklich groß, nur etwa so lang wie Marks Bein. Und aus diesen unzähligen Trichtern kam, wie aus den Lautsprechern alter Grammofone, der Krach. Dabei wiegten sich die merkwürdigen Wesen auf kurzen Stielen hin und her. Das Ganze erinnerte irgendwie an ein Tulpenbeet, auf dem sich gigantische Tulpenkelche im Frühlingswind wiegen. Tulpen machten allerdings nicht solch einen

Höllenlärm. Mark schien es in diesem Moment wieder, als würde das Getöse rundum langsam leiser.
Schließlich konnte Mark die Finger aus den Ohren nehmen. Jetzt klang das Geräusch von der Tunnelwand nicht einmal mehr so laut wie der Torjubel im Fußballstadion seiner Stadt. Mark rüttelte schließlich an der Schulter des Piraten: „Steh auf! Schau dir das an! Hier gibt es gar keine Monster. Nur so eine Art Algen oder Tiere an der Tunnelwand, die Töne machen. Die Dinger sehen ein bisschen aus wie Tulpen." Der Pirat glotzte.
Da streifte das führerlose Schiff leicht die Tunnelwand – und die Trichter an dieser Stelle schwangen sofort hektisch hin und her. Dabei begannen sie erneut, zu heulen und zu klingen, allerdings viel leiser als vorher. Der Pirat sprang auf und steuerte das Schiff von den Trichtern weg. Er begann zu begreifen. „Und wir haben alle gedacht, hinter dem Geheul müsste etwas Riesiges, etwas Monströses stecken! Dabei sind es nur viele, viele einzelne Trichterviecher!", lachte er.
Mark schlug sich mit der flachen Hand vor die Stirn. „Ich hab's!", rief er. „Die Fledermäuse verursachen den Höllenlärm. Wenn die hier durchfliegen, machen sie ganz viel Wind. Der Luftzug bewegt die Dinger auf der Wand und die heulen dann. Das sind die Töne, die man in eurem Teil der Kanäle für Monstergebrüll hält. Und gerade, als das Schiff die Trichter gestreift hat, ging das Geheul wieder los. Die mögen es scheinbar nicht, wenn sie von einer fremden Kraft bewegt werden."
Mark bat den Rosenkohlpiraten, vorsichtig möglichst

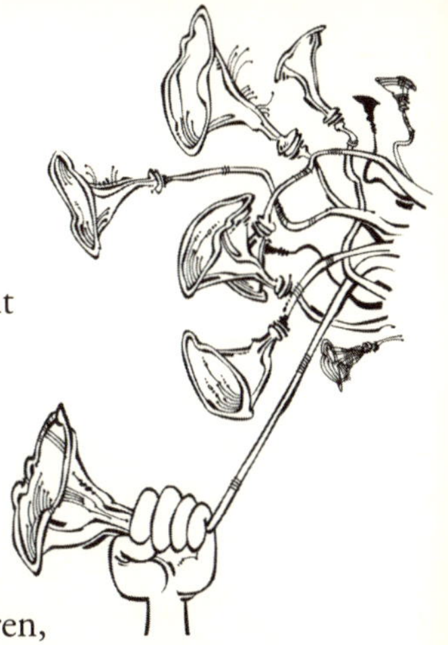

dicht an die Tunnelwand zu fahren. Diese Trichterwesen wollte er sich genau ansehen. Als die *Brassica* mit gut einem Meter Abstand an der Tunnelwand vorbeiglitt, nahm er all seinen Mut zusammen und griff nach einem Trichter. Der zog sich ganz hektisch zusammen – fast wie eine Schnecke, die man versucht zu berühren, und heulte auf. Und sogleich steckte das Heulen ein paar Nachbarn an. „Schade, dass man die Viecher nicht verstehen kann. Die sehen aus wie die Trompetentierchen aus meinem Buch fürs Mikroskopieren, nur viel, viel größer", meinte Mark.

„Zuhören, du ohrenlahmer Ochsenfrosch! Besser zuhören. Gleich bei deiner Ankunft hier unten habe ich dir gesagt, dass die Abwässer vom Chemiewerk manchmal dafür sorgen, dass hier unten Wesen zu Riesen werden, die das sonst nicht tun. Riesige Fledermäuse hast du schon gesehen. Aber unter Wasser gibt es noch mehr Giganten, das kann ich dir versichern", grunzte der Rosenkohlpirat.

Da stoppte die *Brassica* mit einem Ruck. Mark schlug der Länge nach hin, der Rosenkohlpirat konnte sich gerade eben noch am Steuerrad abfangen. Der kleine Kapitän hatte zwar das Schiff genau parallel zur Tunnelwand gesteuert, aber dann ganz fasziniert nur auf die Trichterwesen gestarrt. Und Mark hatte auch nicht mehr voraus

SEESTERN

Ausschau gehalten. Die *Brassica* war jedenfalls auf eine schmale Sandbank mitten im Kanal aufgelaufen. Aufgeregt studierte der Rosenkohlpirat noch einmal die Schatzkarte, die immer noch auf Deck lag.
„Wir könnten am Ziel sein“, murmelte er. Dann lief er mit Mark zum Bug seines Schiffes, um zu sehen, was vor ihnen lag. Tatsächlich! Auf der Sandbank vor ihnen war noch ein Schiff gestrandet. Halb eingesunken in den Sand lag es da, einige Planken waren verfault und gaben den Blick ins Innere frei. Der Hauptmast lag abgeknickt quer über dem Deck.
„Donnerschlag und Dauerregen! Das Schatzschiff!“ Der Rosenkohlpirat klang vor Aufregung ganz heiser.
„Wieso bist du dir so sicher, dass es das Schatzschiff ist?“, wollte Mark wissen.
Prahlerisch reckte sich der kleine Mann. „Ha, Leichtmatrose! Das ist es, was einen guten Kapitän ausmacht – mit einem Blick alles erfassen, was wichtig ist. Schau doch mal genau hin, du maulwurfsblinder Seeigel! Was steht da am Bug? Und was kannst du dort anstelle einer Galionsfigur sehen?“
Mark kniff die Augen zusammen. „S-E-E-S-T-E-R-N“, buchstabierte er. „Aber was soll die große Brombeere am Schiffsbug?“
„Ich glaub’ es nicht! Ich glaub’ es einfach nicht! Da hast du grün- und feuchtohriger Zwerg die einmalige Gelegenheit, mit einem erfahrenen Schatzsucher loszuziehen, und kannst zwei und zwei nicht zusammenzählen. Das ist doch keine Brombeere – das ist natürlich ein Diamant!

Und der Name des Schiffes weist genau darauf hin – *Seestern*. Der Stern von Indien ist auch ein Riesendiamant, das weiß doch jeder. So etwas von kaulquappendummer Ahnungslosigkeit!"

Mark kam sich in der Tat ziemlich dumm vor – ja, das Ding am Bug der *Seestern* hatte zwar Ähnlichkeit mit einer Brombeere, aber jetzt, wo klar war, dass es ein Diamant sein sollte, sah es auch aus wie einer.

Rasch ließ der Rosenkohlpirat eine Strickleiter über Bord gleiten und kletterte hinab. Mark folgte ihm. Vorsichtig umrundeten sie das Wrack – wer weiß, vielleicht hatten die Chemiekanäle ja wirklich noch mehr zu bieten als die Trichterwesen an der Wand?! Aber alles blieb ruhig.

In der feuchten Oberfläche der Sandbank sanken die Füße ein wenig ein. Mark stolperte hinter dem Rosenkohlpiraten her. Er hatte nur Augen für die *Seestern*. Das musste wirklich mal ein schönes Schiff gewesen sein. Der geknickte Mast war länger als der Mast auf der *Brassica* oder der *Ketchup*. Wenn das Schiff so auf der Seite lag, konnte man die Aufbauten auf Deck nicht mehr sehen, so hoch war es.

„Siiiiingghh!"

Erschrocken blickte Mark dorthin, woher das merkwürdige Geräusch gekommen war: Der Rosenkohlpirat hatte seinen Säbel gezogen. Er stach damit versuchsweise in die Planken der *Seestern*.

„Verdammt gutes Holz, sogar nach all den Jahren. Ein wunderbares Schiff! Ja, so stelle ich mir ein Schatzschiff vor", murmelte der kleine Mann dabei.

Schließlich kletterte der Rosenkohlpirat an einer Stelle ins Innere des Wracks, wo ein paar Planken zerbrochen waren. Dort konnte man auch mit Augen, die das Dunkel gewohnt waren, nur wenig sehen.
Mark fühlte sich, als wäre er in einen Kinofilm geraten – alles war so, wie er das bisher nur aus Filmen kannte: Zwischen Fässern, zerbrochenen Krügen und Geschirrtrümmern, den Fetzen von Hängematten der Matrosen lief er hinter dem Piraten her. Es fehlten nur noch ein paar gruselige Skelette von der letzten Besatzung!
Der Rosenkohlpirat stach hier und dort mit seinem Säbel hinein. Dabei brummte er in seinen Bart: „Ein wirklich schönes Schiff. Gute Ausstattung, bei Entengrütze und Fischgrätensalat! Wertvolles Holz. Saubere Verarbeitung. Da müsste es doch etwas zu holen geben!“ Mit diesen Worten schwang sich der kleine Mann eine steile Treppe hinab, die noch tiefer ins Innere des Schiffs führte.

Vorsichtig kletterte Mark dem Piraten hinterher. Am Ende der Treppe schien ein größerer Laderaum zu liegen. In den Tunneln hatte Mark immer das Gefühl gehabt, ganz gut sehen zu können, hier unten in dem alten Schiff war es dagegen fast so dunkel wie im Bauch eines Walfischs. Hinzu kam, dass die *Seestern* auf der Seite lag, sodass es ganz schön schwierig war, sich auf den schrägen Gängen, Treppen und Böden zu bewegen. Wo war nur der Rosenkohlpirat? Hastig blickte sich Mark mit klopfendem Herzen um. Dann rief er: „Hallo?“
Keine Antwort.

Nicht nur die Sicht, auch die Luft schien hier unten schlechter zu sein als auf der Sandbank. Mark hatte das Gefühl, als steckte sein ganzer Brustkasten in einem Schraubstock. Sein Atem ging pfeifend. Blindlings stolperte er jetzt vorwärts. Mit den Armen tastete er durch das Dunkel. Dann griffen seine Finger in etwas Merkwürdiges! Lauter kleine spitze Dinger, die unter seinen Händen durcheinanderpurzelten. „Ein Skelett!“, schoss es Mark durch den Kopf und er schrie unwillkürlich auf. Mark dachte wirklich, sein Herz bliebe stehen, so erschrocken war er!

Da plötzlich flammte vor ihm ein Licht auf. Im Schein eines Kerzenstummels, den er vorsichtig festhielt, kam der Rosenkohlpirat auf ihn zu. Mit unendlicher Erleichterung erkannte Mark im Kerzenlicht, dass er mit den Fingern nicht in ein menschliches Skelett geraten war, sondern nur in einen Haufen von großen Fischgräten. Vielleicht war hier unten eine Vorratskammer gewesen?

„Hast du nichts Besseres zu tun, als hier herumzuschreien?“, maulte der Pirat. „Ich habe erst mal nach Licht gesucht und immerhin diesen Kerzenstummel gefunden.“

Der kleine Mann kletterte kreuz und quer durch den Laderaum des Schiffs – und diesmal sah Mark zu, dass er ihm dicht auf den Fersen blieb! Da gab es Gänge und Kammern, Balken, an denen man sich prima den Kopf stoßen konnte, Treppen und Stiegen. Mark fühlte sich wie in einem Irrgarten. Längst hatte er völlig die Orientierung verloren. Der Rosenkohlpirat schien sich jedoch in diesem Labyrinth richtig wohlzufühlen.

In dem unsicheren Licht der Kerze sah alles gespenstisch aus. Mehr als einmal zuckte Mark zusammen, weil er glaubte, jetzt hätten sie tatsächlich ein Skelett gefunden. Aber die Schatten, die er zuerst für Rippen gehalten hatte, entpuppten sich bei näherem Hinsehen als die rostigen Metallbeschläge von zerbrochenen Fässern. Was ihm im Dunkel wie ein Totenschädel erschien, war in Wirklichkeit ein Topf mit zwei Löchern, die zufällig wie Augenhöhlen ausgesehen hatten.

Nach dem dritten oder vierten innerlichen Schrecken atmete Mark einmal tief durch und versuchte, sich zur Ruhe zu zwingen. In diesem Moment stolperte der Rosenkohlpirat vor ihm. Dabei ließ er die Kerze fallen. Es wurde mit einem Schlag stockdunkel. Mark sprang geradezu nach vorn, um wenigstens seinen Führer an der Schulter zu fassen und ihn so nicht zu verlieren.

„Wir werden angegriffen!“, brüllte der Pirat. Mark stolperte ebenfalls, stürzte und hörte, wie etwas mit einem hässlichen Zischen dort durch die Luft sauste, wo gerade eben noch sein Kopf gewesen sein musste. Ein Säbel?!

Gab es hier noch überlebende Piraten, die ihren Schatz verteidigten?

Mark versuchte, lautlos von der Stelle wegzukrabbeln, an der er hingefallen war. Langsam gewöhnten sich seine Augen daran, dass die Kerze erloschen war. Ganz behutsam kroch er rückwärts. Bloß weg von hier! Da stieß er mit dem linken Knie so schmerzhaft an etwas Hartes, dass er ein Stöhnen nicht unterdrücken konnte. Sofort löste sich aus dem Dunkel vor ihm ein Schatten und der

Säbel des Rosenkohlpiraten fraß sich dicht vor seiner Nase in den Holzboden.
„Hör auf! Ich bin's!", schrie Mark erschrocken.
„Was machst du da auf dem Boden, du selbstmörderische Seegurke?", brüllte der Pirat. „Wo ist der feige Feind?"
„Keine Ahnung", meinte Mark.
„Aber jemand hat mich von hinten an der Schulter gepackt und versucht, zu Boden zu ringen", sagte der Pirat und spähte in alle Richtungen.
Mark war froh, dass es so dunkel war, dass der Pirat nicht sehen konnte, wie er einen feuerroten Kopf bekam. „Das war ich", gab er leise zu.
Der Rosenkohlpirat schnaufte vor Wut: „Was hast du noch alles auf Lager? Im Dunkeln verlorengehen. Deinen Kapitän tätlich angreifen. Fast hätte ich dir den Kopf abgehackt! Wieso jammerst du auch da unten auf dem Boden herum?"

Erst jetzt fiel Mark wieder auf, dass sein Knie ziemlich weh tat. Woran hatte er sich bloß so gestoßen?

Seine Hand tastete suchend umher. Plötzlich bekam er einen Ring zu fassen, einen Metallring. Mark wollte ihn aufheben, um dem Rosenkohlpiraten zu zeigen, woran er sich gestoßen hatte. Aber das ging nicht. Der Ring war am Boden befestigt. Und als Mark daran zog, bewegten sich ein paar Planken auf dem Boden, wo er saß.

„Ich habe eine versteckte Falltür entdeckt oder sowas Ähnliches“, freute sich Mark und sprang auf die Füße. Er versuchte, im Stehen erneut an dem Eisenring zu ziehen, aber die Falltür war schwer. Der Rosenkohlpirat hatte sofort begriffen, worum es ging und griff mit zu: Knarrend öffnete sich eine Klapptür auf dem Boden des Ganges. Darunter lag eine kleine Kammer. In der Kammer stand eine Kiste.

„Könnte das nicht die Schatztruhe sein?“, wollte Mark wissen und klopfte auf die Kiste.

„Seewespe und Seepocke“, brummte der Rosenkohlpirat. „Bist du ein Glückspilz! Du stolperst hier wie ein krummflossiges Walfischkalb herum und findest dabei den Schatz.“ Die beiden Schatzsucher hoben die schwere Kiste mühsam aus ihrem Versteck. Etwas schien darin herumzurollen. Der Rosenkohlpirat untersuchte die Truhe und versuchte, sie zu öffnen. Aber das Holz – sicher echtes Mahagoni – war immer noch fest und die Kiste war eisenbeschlagen. Außerdem hatte sie ein großes Schloss. Immer wütender hackte der Pirat mit seinem Säbel darauf herum. Schließlich nahm er sein Messer aus dem

Gürtel und versuchte, das Schloss aufzubrechen. Aber das Einzige, was brach, war sein Messer.
„Verflixte Quallengrütze!“, schimpfte der Zwerg. „Mein Messer! Was soll aus mir werden, nun, da meine Klinge, nur für mich gefertigt von einem spanischen Meisterschmied, zerbrochen ist? Mein Ruhm ist dahin, Kugelfischjauche und Albatrosarsch. Keine neuen Heldentaten mehr. Pestbeulenbäuchiger Buckelwal! Ich bin am Ende!“, jammerte er.
„Lass mich mal“, meinte Mark. Er hatte sich erinnert, dass in seiner Hosentasche noch das Schweizer Messer war, mit dem er das Geld aus dem Sparschwein geangelt hatte, um Rosenkohl kaufen zu können. Die Kiste sah beunruhigend stabil aus. Und sie war groß und schwer – man konnte sie nicht so einfach fortschleppen und in Ruhe an Bord der *Brassica* untersuchen. Da hatte Mark eine Idee. Er klappte den Korkenzieher aus seinem Messer und begann, damit im Holz zu bohren – das war mühsam, aber es ging.
Der Rosenkohlpirat murmelte: „Was für ein albernes Messer, Windhose und Wellental. Keine Eleganz, kein Stil!“ Aber er sah sehr interessiert zu. Nach einiger Zeit gelang es Mark, wenigstens ein Loch in eine der unteren Ecken der Kiste zu bohren. Unter Ächzen und Stöhnen hob er mit dem Rosenkohlpiraten eine Seite der Kiste an. Was immer auch darin war, musste so in eben jene Ecke rutschen, in die er gerade das Loch gebohrt hatte.
Und trotz ihres angestrengten Atmens konnten die beiden hören, dass ein offenbar sehr kleiner Gegenstand

wieder über den Boden der Kiste rollte. Mit einem leisen „Pling!“ fiel etwas aus der Kiste heraus, das selbst im Dunkeln hell funkelte: Der Pirat hob das Etwas auf und hielt es hoch in das spärliche Licht. Es funkelte prächtig! „Ein Diamant! Die alten Geschichten vom Juwelier, der hier unten Pirat wurde, sind also wahr, bei sämtlichen Seemannsgarn sabbernden Seespinnen“, hauchte der kleine Mann andächtig.

Mark war begeistert. Sie rüttelten noch einmal an der Kiste, doch es fiel nichts mehr heraus. Es klapperte auch nichts mehr im Inneren. Offensichtlich war die Kiste nun leer. Deshalb kehrten der Rosenkohlpirat und sein Leichtmatrose schließlich an Bord der *Brassica* zurück. In der Kombüse legte der Rosenkohlpirat den Diamanten mitten auf den Küchentisch. Mark und er setzten sich rechts und links davon auf die Bänke. Sie fühlten sich prächtig! Schließlich hatten sie den Schatz gefunden!
Und sie hatten das Unmögliche geschafft, indem sie an den Teufelsinseln vorbeigesegelt waren.
Und sie hatten auch das Geheimnis der Monsterschreie gelüftet.
Mark wusste jetzt wieder genau, warum es ihm so wichtig gewesen war, wenigstens einmal im Leben Pirat zu sein: Es fühlte sich großartig an, wenn man ein Abenteuer erfolgreich bestanden hatte!

13. Kapitel: Gegen die Zeit

„Herrje, ich hab' vor lauter Schatzsuche vergessen, das Stundenglas umzudrehen, bei allen blaufelligen Seedrachen!“, ärgerte sich plötzlich der Pirat.
Mark durchfuhr ein heißer Schreck. Das Stundenglas, das ihn an eine Eieruhr erinnerte, hing müde in seiner Halterung an der Wand der Kombüse. Die obere Glashälfte war ganz leer. Wie lange war das schon so?
Das gute Gefühl in Marks Herz verflog mit einem Schlag. Seine Zeit hier unten lief doch ab und er durfte keinesfalls den richtigen Zeitpunkt verpassen, in der Küche bei seinen Eltern aufzutauchen!
„Wie spät ist es denn?“, fragte Mark den Piraten angespannt. „Schaffe ich es noch rechtzeitig nach Hause?“
„Hummerglotzauge und Haifischhirn! Du weißt das Piratenleben einfach nicht zu schätzen“, maulte der Rosenkohlpirat. „Na gut, wenn du zurückwillst, versuchen wir, jetzt so schnell wie möglich aus diesem Irrgarten wieder herauszukommen. Aber ich habe keine Ahnung, wie spät es genau ist. Allerdings dürfte ziemlich sicher dein siebter Tag hier unten begonnen haben. Das sagt mir mein algenfadenfeines Zeitgefühl. Und bevor die Sonne aufgeht, musst du wieder in deiner Küche auftauchen, so viel ist sicher.“

Als die Trichterwesen an der Wand anfangs so einen Höllenlärm gemacht hatten, war Mark sicher gewesen, dass er nie wieder größere Angst haben würde. Aber jetzt

fühlte er eine neue Art von Angst in sich: Die Angst, verlorenzugehen in der Welt der Kanäle. Die Angst, nie wieder nach Hause zu kommen. Und er stellte fest: Diese Furcht war größer als die vor einem Monster!
Etwas davon musste in Marks Gesicht zu sehen gewesen sein, obwohl er sich sehr bemühte, gefasst zu wirken. Der Pirat klopfte ihm auf die Schulter und brummte: „Wird schon werden. Wir müssen nur zusehen, dass wir meinen Kahn wieder flottbekommen. Dann schaffe ich dich wieder in deine Welt nach oben – auch wenn ich bei Quallenquark und Seegurkensuppe nicht weiß, was da oben so toll sein soll!"

Daran, dass ihr Schiff festsaß, hatte Mark gar nicht mehr gedacht. Der Bug der *Brassica oleracea* hatte sich beim Auflaufen tief in die Sandbank eingegraben, auf der auch die *Seestern* gestrandet war. Kaum stand der Rosenkohlpirat wieder an Deck und hatte einen Blick auf das Kanalwasser geworfen, da begann er wie ein Rohrspatz zu schimpfen: „Miesmuschelmist! Quallenkacke! Krebskopfsülze! Wir haben ablaufendes Wasser. Nie kommt ein Gewitter mit Flutwellen, wenn man eines braucht ...!"
Mark klang ganz heiser, als er fragte: „Ebbe? Wir haben Ebbe?!"
„Was denn sonst, du flohbeiniger Sandhüpfer! Der Wasserstand fällt ziemlich schnell! Wenn wir nicht sofort das Schiff von der Sandbank hieven, kommen wir erst in acht bis zehn Stunden wieder frei. Dann schaffen wir den Rückweg in deine Küche nie und nimmer."

Mark begannen die Knie zu zittern. Acht bis zehn Stunden?! Jetzt nur nicht den Mut verlieren … Tapfer fragte er: „Was kann ich tun?“
„Flaschenzug holen!“, befahl der Pirat knapp. Mark rannte in den Laderaum und sah sich dort panisch um. Schließlich schleppte er das schwere Ding mit den großen Rollen so schnell er konnte an Deck. Der Pirat wartete schon mit einem Hammer, einem gewaltigen Nagel und einem Tau. Er ergriff den Flaschenzug und kletterte von Bord. Dann watete er durch das brusthohe Kanalwasser zur Tunnelwand.
Nach dem ersten Hammerschlag, der den Nagel in die Tunnelwand treiben sollte, schnappten die benachbarten Trichter bösartig mit ihren Öffnungen nach den Händen des Piraten. Die Trichterwesen hatten offenbar die Erschütterungen gespürt, die durch das Hämmern entstanden waren. Der Rosenkohlpirat warf Mark seinen Säbel zu: „Halt mir diese trantütigen Trompetenviecher vom Leib!“
Mark kletterte ebenfalls von Bord. Das Wasser war nicht wirklich kalt, aber er fragte sich, ob es tatsächlich nur Wasser war, worin er stand. Den Säbel umklammerte er mit aller Kraft. Da schnappte wieder ein Trichter nach dem Piraten und hätte fast die Hand mit dem Nagel erwischt! Entschlossen hieb Mark mit dem Säbel danach und trennte den Trichter vom Stiel. Mit einem bösartigen Schrei trieb dieser im Kanalwasser davon.
Anscheinend konnten die Trichterwesen einander verstehen – denn sie antworteten ihrem vorbeitreibenden

abgehackten Artgenossen. Und ihr Getöse schwoll immer lauter an und klang fuchsteufelswild! Mark hoffte inständig, dass die Biester wirklich an den Wänden festgewachsen waren.

Im Tunnel war es jetzt so laut geworden, dass sich Mark fragte, ob man durch Lärm verletzt oder getötet werden konnte. Der Rosenkohlpirat hatte es geschafft, den Nagel in die Tunnelwand zu schlagen und den Flaschenzug daran aufzuhängen. Mit flinken Fingern knotete er das Tau fest, führte es zum Heck der *Brassica,* befestigte es auch dort und watete dann zurück zum Flaschenzug. Es war schwierig, das nasse Tau dort richtig über die Rollen zu führen. Mark verstand endlich, was der Pirat vorhatte: Um das Schiff wieder von der Sandbank zu ziehen, reichten die Kräfte von zwei Personen bei weitem nicht aus! Aber ein Flaschenzug konnte helfen, denn der würde ihre Kräfte beim Ziehen enorm verstärken.
Jetzt wedelte der Pirat mit dem Ende des Seils – in dem Getöse konnte Mark ihn einfach nicht hören. Aber er wusste auch so, was zu tun war. Schnell steckte er den Säbel in seinen Gürtel, um beide Hände freizubekommen. Gemeinsam mit dem Kapitän schnappte er sich das Seil und zog mit Leibeskräften.

Erst war es ganz leicht, aber nur so lange, bis das Tau auch straff gespannt war. Dann ging es nur noch millimeterweise vorwärts – egal, Hauptsache, die *Brassica* bewegte sich! Mark, der vor dem Piraten das Seil umklammert

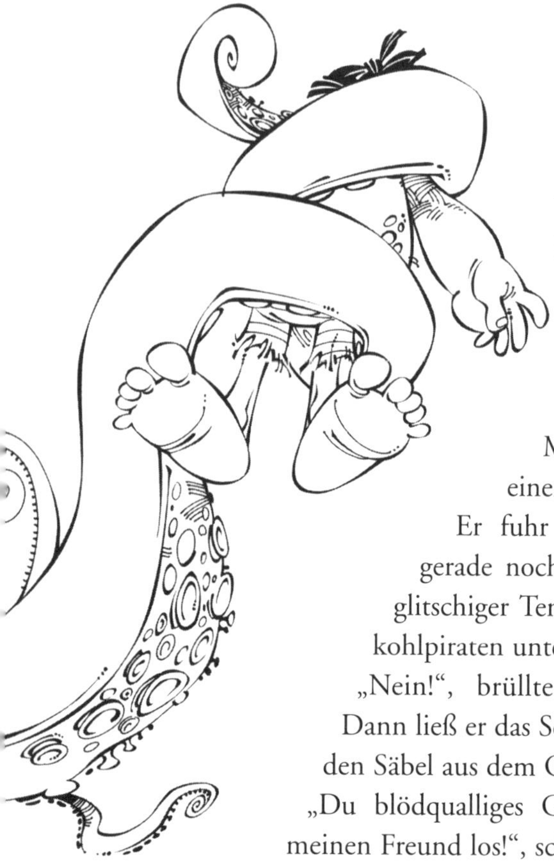

hielt und zog, schnaufte wie ein Walross.
Zum Glück waren die Trichterwesen wieder leiser geworden.
Plötzlich hörte Mark hinter sich einen Schreckenslaut. Er fuhr herum und sah gerade noch, wie ein großer, glitschiger Tentakel den Rosenkohlpiraten unter Wasser zog!
„Nein!“, brüllte Mark entsetzt. Dann ließ er das Seil fahren und zog den Säbel aus dem Gürtel.
„Du blödqualliges Glitschgetüm, lass meinen Freund los!“, schrie er schließlich mit erhobener Waffe und starrte ins Wasser.
Wo war der Angreifer? Wo der Pirat?
Mark war ganz klar, was zu tun war: Er durfte nicht blindlings im Wasser herumsäbeln, denn dabei konnte er den Piraten treffen. Er hatte nur eine Chance: abwarten, bis sich das Wasser beruhigt hatte, seinen Freund entdecken und dann gezielt zuschlagen!
Da! Links stiegen Bläschen auf! Sie bewegten sich von ihm weg. Mark hoffte inständig, dass er nicht seinen Freund traf, holte aus und schlug mit aller Kraft zu!

Wie ein Sektkorken schoss der Rosenkohlpirat an die Wasseroberfläche und rang nach Luft. Um seine Taille war immer noch ein Stück Tentakel geschlungen, wie ein absonderlicher Gürtel. Mehrere Meter entfernt von Mark rauschte das Wasser im Kanal auf: Ein Wesen, halb so groß wie die *Brassica,* wurde sichtbar – es sah für Mark aus wie ein riesengroßer Tintenfisch – wand den verstümmelten Tentakel wie einen Regenwurm und schwamm davon.

Der Rosenkohlpirat paddelte an Land und spuckte Kanalwasser aus. Angeekelt zupfte er die Reste des Tentakels von seinem Hosenbund. Dann knurrte er: „Sonst gibt es Kraken nur im Salzwasser. Was dieses Chemiewerk so alles anrichtet! Langweilig ist es hier unten nicht mehr, seitdem das Werk da ist, so viel steht fest, bei Poseidons Pickelpocken. Jedenfalls hab' ich keinen Leichtmatrosen mehr wegen dieses spatzenhirnigen Riesenkraken! Jetzt muss ich dich wohl zum Vollmatrosen befördern."

Mark lächelte. Aber das Lächeln gefror geradezu auf seinem Gesicht, als hinter ihm ein Knirschen ertönte: Die *Brassica oleracea* legte sich sanft auf die Seite. Der Zwischenfall mit dem Kraken hatte nicht lange gedauert, aber er hatte gereicht, um so viel Wasser im Ebbstrom ablaufen zu lassen, dass das Schiff jetzt endgültig auf dem Trockenen lag. Verzweifelt blickte Mark den Rosenkohlpiraten an. Der schüttelte unmerklich den Kopf. „Keine Chance", zischte er zwischen zusammengebissenen Zähnen hervor. „Das schaffen wir mit dem Flaschenzug nicht mehr. Hab' noch nie ein Versprechen gebrochen, bei Walfischfäule und Miesmuschelfilz. Aber jetzt muss ich dir sagen, ich kann dich nicht rechtzeitig nach Hause bringen. Wir sitzen endgültig fest. Komm lieber raus aus dem Wasser, bevor das nächste Monster auftaucht."

14. Kapitel: Retter in der Not

Schweigend saßen Mark und der Rosenkohlpirat an Deck. Es gab nichts mehr zu sagen. Aus der Kleidung des Piraten rieselten Wasserbäche. Die bleierne Stille, die in den Tunnel eingezogen war, nachdem sich die Trichterwesen beruhigt hatten, passte gut zur Stimmung. Mark hatte das Gefühl, als würde sein Herz von einer gewaltigen Faust zusammengequetscht.

Nie mehr nach Hause.

Nie mehr seine Eltern sehen.

Nie mehr zur Schule gehen.

Entsetzlich!

Marks Hände begannen zu zittern. Es war ihm peinlich, so zittrig vor dem Rosenkohlpiraten dazustehen. Deshalb steckte er die Hände tief in seine Hosentaschen.

Diese waren wie immer voller Krimskrams. Und da zuckte die Hoffnung glühendheiß in ihm hoch: die Brausebonbons!

„Das ist es. Das ist die Rettung!“, rief Mark und fuchtelte mit der Tüte vor den Augen des Rosenkohlpiraten hin und her.

„Kannst du etwa fliegen, wenn du die Bonbons lutschst?“, fragte der schlecht gelaunt.

„Natürlich nicht. Aber erinnere dich doch, was Seidenpfote gesagt hat, als wir dich vor den Tomatenpiraten gerettet haben: ‚Wenn du mich einmal brauchen solltest, kannst du mit den Dingern eine Geschmacksspur ins Wasser legen. Dann suche und finde ich dich. Wir Ratten sind bessere Spürhunde als jeder Polizeihund!' Wenn ich die Bonbons ins Wasser werfe, dann kommt Seidenpfote und holt mich hier raus! Die kann laufen, wo das Wasser nicht zum Schwimmen reicht", jubelte Mark.

Der Rosenkohlpirat wiegte zweifelnd den Kopf hin und her. „Sehr gefährlich für unsere Freundin! Wenn sie den Weg über die Teufelsinseln wählt, kann sie in den Strudel gerissen werden. Sie könnte so einem Riesenkraken begegnen. Es könnte auch sein, dass sie viel zu weit weg ist, um die Spur wahrzunehmen."

Mark schluckte. Ja, das war alles richtig. Und in Gefahr bringen wollte er Seidenpfote natürlich nicht! Nachdem Mark gründlich nachgedacht hatte, sagte er: „Aber Seidenpfote ist klug! Der wird etwas einfallen, wie sie uns helfen kann, wenn ich sie wissen lasse, dass ich Hilfe brauche."

Bedächtig nickte der Rosenkohlpirat. „Versuch's. Du hast Recht. Seidenpfote ist wirklich klug. Und sie ist ein bisschen ängstlich. Deshalb wird sie nichts allzu Waghalsiges unternehmen. Mit den Bonbons eine Spur zu legen, ist das Einzige, was wir tun können, bei Seebärenbuckel und Walrossrotze!"

Und Mark streute ganz langsam die restlichen Brausebonbons ins Wasser. Im schummrigen Tunnellicht konnte er sehen, wie die Bläschen im Ebbstrom aufstiegen und hinter der nächsten Biegung verschwanden.

Mark hatte bald jedes Gefühl für Zeit verloren. Das Warten war schrecklich, wenn man wusste, dass einem die Zeit davonläuft. Einmal schlief er trotzdem tatsächlich ein. Beim Erwachen war Mark sich nicht ganz sicher, ob das Schweißtropfen waren, die ihm über das Gesicht liefen – er wollte nur noch nach Hause!

Irgendwann kam ein Geräusch näher, das fast nach einem Hubschrauber klang. Ein mäßiges Geheul von den Tunnelwänden erhob sich und lief auf die *Brassica* zu. Der Rosenkohlpirat sprang alarmiert auf und zückte den Säbel, um auf alles vorbereitet zu sein.
Sekunden später landete der größte Delta-Jet der Kanalflugstaffel, das Rote Ordensband, auf der Sandbank.
„Hab' ich euch endlich!", klickte und schnarrte der gewaltige Falter. „Seidenpfote schickt mich. Sie hat ein Duftsignal von euch empfangen. Sie bittet höflich zu entschuldigen, dass sie nicht selbst gekommen ist, aber sie hat zu große Angst, hier in diesen Gewässern zu schwimmen. Da hat sie mich gebeten, euch zu suchen."
„Wie hast du uns bloß gefunden? Ich dachte, nur Ratten schnüffeln besser als Polizeihunde!", wunderte sich Mark.
„Stimmt!", klickte der Falter. „Seidenpfote hat wohl nur vergessen zu erwähnen, dass wir Schmetterlinge noch bessere Spürnasen sind als alle Ratten. Euch zu finden, war ein Kinderspiel für mich. Zum Glück kam die Spur nicht nur über den Kanal bei den Teufelsinseln, sondern auch noch über einen weiteren Kanal bei uns an.

Seidenpfote ist der Geschmacksspur dann im Wasser bis zum Beginn der unbekannten Zone gefolgt. Als sie sich dort nicht weitertraute, hat sie mich alarmiert. Schließlich bin ich ein Mitglied der Rettungsflugstaffel! Und dann habe ich die Duftspur in der Luft verfolgt, die die Bläschen zurückgelassen haben. Schwimmen möchte ich hier übrigens auch nicht. Auf dem Weg hierher habe ich sogar einen Riesenkraken gesehen! Aber jetzt zur Sache – warum habt ihr Alarm geschlagen? Was ist los?"
„Wie spät ist es?", wollte der Pirat als Erstes wissen.
„Keine Ahnung. Wir Falter tragen so wenig Ballast wie möglich, also auch keine Armbanduhren", erwiderte das Ordensband grinsend. Aber nachdem der Rosenkohlpirat und Mark erklärt hatten, weshalb die Uhrzeit ungeheuer wichtig für sie war, verschwand das Grinsen.
Der Falter raschelte mit den Flügeln. „Ein Rettungseinsatz! Klasse! Hatte schon lange keinen mehr. Damit komme ich sogar in die ‚Kanalpost'. Sehe schon die Schlagzeile: ‚Rotes Ordensband mit Verdienstkreuz wegen Rettungseinsatz in der unbekannten Zone ausgezeichnet.' Toll!"
„Eitler Fratz von einem flatterflügligen Leichtgewicht!", wetterte der Pirat. „Jetzt merk dir, wie du hierhin zurückkommst, damit wir bei der nächsten Flut mein Schiff holen können. Ich lenke dich jetzt dorthin, wo Mark die Kanalwelt verlassen muss. Los! Wir haben keine Zeit zu verlieren. Vielleicht ist es schon zu spät!"

Und bald darauf saß Mark vor dem Rosenkohlpiraten auf dem Rückenpanzer des Falters – die beiden klammerten

sich am Nachtfalterpelz fest. Heulend beschwerten sich die Trichterwesen über die Störung, als die drei vorbeiflogen, aber der Falter war so blitzschnell, dass das Geräusch zum Glück hinter ihnen zurückblieb!
Bald verschwand auch der Gestank des Chemiewerkes und Mark wurde klar, dass sie den Bereich der unbekannten Zone verlassen hatten. Siedendheiß fiel ihm ein, dass sie auf dem Weg in die Welt unter der Stadt einen Wasserfall durchquert hatten! „Die Wasserfälle!“, brüllte er dem Piraten warnend ins Ohr.
Doch auch der Falter hatte den Warnruf verstanden. „Kann durchfliegen, wenn ich genug Schwung habe“, rief er. „Ist nur ein wenig schlimmer als Regen – aber danach komme ich keine hundert Meter mehr weit, wenn ich

erst einmal nass bin. Kann erst wieder starten, wenn die Flügel getrocknet sind!“
Der Pirat nickte grimmig. „Hundert Meter reichen. Danach ist es auch nicht mehr weit!“

Einige Augenblicke später war sich Mark sicher, dass er gleich vom Rücken des Delta-Jets geschwemmt werden würde, als es durch die grauen Wasserfälle ging. Der Falter sackte bedrohlich ab und im schäumenden Wasser meinte Mark, die Zähne der Piranhas unter sich blitzen zu sehen, die auf der Lauer lagen.
Aber dann waren sie durch den Wasservorhang hindurch und ihr lebendiges Flugzeug trudelte langsam in die Tiefe. Der Rosenkohlpirat ließ Mark kaum Zeit, sich beim Ordensband zu bedanken, zu verabschieden und Grüße an Seidenpfote auszurichten – dann ging es steil aufwärts.
Mark ächzte und schnaufte. Mit der *Brassica* war der Weg abwärts ein Kinderspiel gewesen. Gut, dass der Rosenkohlpirat ein Seil mit Enterhaken mitgenommen hatte! Wie Bergsteiger an einer Steilwand mussten Mark und der Kapitän nämlich nun aus der Welt unter der Stadt wieder emporsteigen.
„Bei allen Seeteufeln und Schwammpickeln! Wir haben es geschafft!“, krakeelte schließlich der Rosenkohlpirat. „Schlüpf mal hier durch den Abfluss, Matrose! Du bist zu Hause!“
Mark konnte es kaum glauben. Er kletterte mühsam noch ein kleines Stück und befand sich dann in einem

großen Stahlbecken. „Wir haben Glück gehabt, dass jemand das Wasser abgestellt hat, du heimwehkrankes Landei“, meinte der Pirat, als er sich ebenfalls in das Spülbecken emporzog.

15. Kapitel: Geschenke

Mark fiel dem Piraten um den Hals und rief ganz erleichtert: „Vielen, vielen Dank, dass du mich zurückgebracht hast. Es war eine tolle Zeit. Wir haben wunderbare Abenteuer erlebt. Aber ich gehöre nicht in die Kanäle."
„Weißt eben nicht, was gut ist, Matrose", erwiderte der Rosenkohlpirat und schob Mark von sich. „Bist rührselig wie eine rosarüschige Seenelke!"
Der Pirat zeigte zum Küchenfenster: „Wir sind gerade eben noch rechtzeitig gekommen. Schau, gleich geht die Sonne auf. Stell dich lieber auf den Rand des Spülbeckens. In ein paar Minuten bist du wieder groß und dann könnte es hier drin ziemlich eng für uns beide werden."

Mark brachte kein Wort mehr hervor. Bei dem Gedanken an Abschied schnürte sich ihm die Kehle zu. Mit bleischweren Schritten ging er auf das Seil zu, das der Pirat wieder geschickt zum Wasserhahn geschleudert hatte, sodass sich der Enterhaken am Ende dort festhakte, um daran emporzuklettern. Der Rosenkohlpirat griff in seine Hosentasche. Als er die Hand wieder hervorzog, glitzerte der Diamant aus der Schatzkiste zwischen seinen Fingerspitzen. „Steck ein, Landei, damit du nicht vergisst, was das wahre Abenteuer bedeutet", sagte er rau. Mark konnte nur dankbar nicken. Den Diamanten steckte er in die Tasche in seinem T-Shirt. Viel geschickter als beim Herabklettern zog er sich dann am Seil empor. Durch das

Küchenfenster kam schon ein Hauch von rosa Licht. Und gerade als Mark den Spülbeckenrand erreicht hatte, fiel ihm etwas ein. Auch er griff in seine Hosentasche. Dann warf er geschickt sein gutes Schweizer Taschenmesser hinab zum Piraten und rief ihm zu: „Ich weiß, elegant ist es nicht, aber nützlich! Und du brauchst ja ein neues Messer. Danke für alles und leb wohl!"
Die Worte „Leb wohl!" dröhnten Mark geradezu in den Ohren – die ersten Sonnenstrahlen spielten über die Küchenwände, da stand er plötzlich auf dem Fußboden und starrte ins Spülbecken. Er war wieder groß. Der Rosenkohlpirat war verschwunden. Obwohl Mark in den Abfluss starrte, bis seine Augen brannten, konnte er nichts mehr von seinem Freund sehen. Mit einer Hand tastete er nach dem Diamanten in seiner T-Shirt-Tasche. Aber er konnte ihn nicht finden. War der Diamant etwa nicht mit ihm wieder groß geworden?
Mark lächelte. Egal. Der Schatz, den er aus der Welt unter der Stadt mitgebracht hatte, war in seinem Kopf: die Erinnerung an die Abenteuer!

„Mark! Was machst du denn hier um halb fünf in der Frühe?", fragte seine Mutter verschlafen von der Küchentür her. Mark stürzte, ohne lange nachzudenken, in ihre Arme. Sein Gesicht presste er tief in die Falten ihres Nachthemdes. Es war eine tolle Nacht gewesen, die sich tatsächlich so lang angefühlt hatte wie eine ganze Woche, wenn nicht länger. Und dennoch – nicht auszudenken, wenn er für immer unter der Stadt geblieben wäre!

„Was machst du hier?“, bohrte die Mutter weiter.
Mark log: „Ich wollte etwas trinken.“
„Schon wieder?“, wunderte sich die Mutter. „Diesmal drehst du aber das Wasser wieder ab, ja?“
Mark nickte. Vorsichtig zapfte er sich ein Glas Wasser und achtete darauf, dass kein Tropfen danebenging. Bestimmt kämen sonst ein paar saftige Flüche aus dem Abfluss, wenn der Pirat von oben bei dem steilen Abstieg geduscht würde ...!
Marks Mutter sah ihn prüfend an. Jetzt klang sie gar nicht mehr verschlafen: „Wieso bist du denn schon angezogen?“
Mark zuckte die Achseln. Darauf fiel ihm keine gute Antwort ein.
„Hast du schlecht geträumt?“, forschte seine Mutter hartnäckig weiter.
Mark schüttelte den Kopf. „Nein! Nein, ich habe sogar sehr, sehr gut geträumt! Und ich geh’ wieder ins Bett. Ich bin soo müde! Ich fühle mich, als hätte ich eine ganze Woche kaum geschlafen.“

Barbara Rath, geboren 1962, ist Biologin. Nach ihrem Studium hat sie zunächst an verschiedenen Forschungsinstituten gearbeitet, bevor sie ihre Zeit ganz ihren Kindern widmete. Seit 2002 engagiert sie sich im Zooführerteam des Krefelder Zoos, schreibt Kinderbücher und veranstaltet regelmäßig Lesungen im Zoo und in Schulen.

Victor Brizuela wurde 1976 in Resistencia-Chaco (Argentinien) geboren; wuchs in Paraguay auf, wo er unter anderem als Illustrator und Designer arbeitete und an Ausstellungen und Kunstprojekten teilnahm.

Seit 2002 lebt er mit seiner Frau und zwei Kindern in Deutschland, arbeitet als Illustrator für Zeitschriften und ist im Bereich Glasmalerei tätig.

Weitere Bücher von

Barbara Rath

im BVK Buch Verlag Kempen

Wie kommen bloß die Löcher in die Gurken?! Dem kleinen Laden von Toms Eltern bleiben die Kunden schon wegen des neuen Supermarkts weg, und jetzt kommen auch noch durchlöcherte Gurken hinzu!
Tom und seine Freunde legen sich nachts im Lagerraum auf die Lauer. Und tatsächlich ist mitten in der Nacht ein Scharren zu hören – plötzlich löst sich ein Schatten von einem Balken an der Decke und flattert durch den Raum …

Barbara Rath
Taschenbuch „Der Gurkenvampir"
96 S., EUR 5,90 / SFr 11,00, Best.-Nr.: LI25, ISBN 978-3-86740-032-9

Laura ist ein merkwürdiges Kind.
Zumindest sagen das alle: ihre Familie, die Klassenkameraden und die Lehrer. Laura hat nämlich keine Freunde, sie malt nur pechschwarze Bilder und sagt in der Schule kaum ein Wort. Ausgerechnet als wirklich etwas sehr Merkwürdiges in Lauras Leben passiert, ändert sich das alles: Laura lernt nämlich Li Su kennen, eine echte tibetanische Rennschnecke.
Li Su stellt Lauras Leben geradezu auf den Kopf, denn um der Schnecke zu helfen, muss Laura eine Menge lernen! Vor allem, wie man Freunde findet ...

Barbara Rath
Taschenbuch „Die tibetanische Rennschnecke"
124 S., EUR 5,90 / SFr 11,00, Best.-Nr.: LI08, ISBN 978-3-936577-87-7

Mini-Bücher – großes Lesevergnügen

Was für ein Katastrophensommer! Erst die Trennung von Jos Eltern, dann der Umzug in ein kleines Dorf und nun ist auch noch Jos Kater Samson verschwunden.
Doch dann lernt er Vera, Mark und Sina kennen. Obwohl die vier bei ihrer ersten Begegnung aneinandergeraten, begeben sie sich schon bald auf eine spannende Spurensuche.

Barbara Rath
Mini-Buch „Der Fall Samson"
60 S., DIN A6, EUR 2,40 / SFr 4,60, Best.-Nr.: LI21, ISBN 978-3-86740-028-2

Auf dem Fußballplatz in Neudorf herrscht große Aufruhr: Durch ein Trillerpfeifensignal, das nicht von dem des Schiedsrichters zu unterscheiden ist, wird immer wieder das Spiel unterbrochen – natürlich jedes Mal genau dann, wenn die Spannung gerade auf dem Höhepunkt ist.
Spieler und Fans sind wütend und dem Verein droht eine Spielsperre. Das wollen Jo, Sina, Mark und Vera unbedingt verhindern! Aber dazu müssen die vier den Trillerpfeifenfälscher erst einmal finden ...

Barbara Rath
Mini-Buch „Der Fall Trillerpfeife"
56 S., DIN A6, EUR 2,40 / SFr 4,60, Best.-Nr.: LI29, ISBN 978-3-938458-85-3